EL BARCO
DE VAPOR

El hotel

Mónica Rodríguez

Ilustraciones de Paula Blumen

sm

fundación sm

**La Fundación SM destina los beneficios
de las empresas SM a programas culturales
y educativos, con especial atención a los
colectivos más desfavorecidos.**

Si quieres saber más sobre los programas
de la Fundación SM, entra en
www.fundacion-sm.org

LITERATURA**SM**•COM

Primera edición: septiembre de 2017
Quinta edición: enero de 2020

Gerencia editorial: Gabriel Brandariz
Coordinación editorial: Berta Márquez
Coordinación gráfica: Lara Peces

© del texto: Mónica Rodríguez Suárez, 2017
© de las ilustraciones: Paula Blumen, 2017
© Ediciones SM, 2017
    Impresores, 2
    Parque Empresarial Prado del Espino
    28660 Boadilla del Monte (Madrid)
    www.grupo-sm.com

ISBN: 978-84-675-9433-1
Depósito legal: M-16868-2017
Impreso en la UE / *Printed in EU*

*A los del hotel Antonia
de Pola de Siero.*

*A Piluca, mi suegra,
que creció entre la algarabía
de sus tíos en aquel hotel
y me regaló sus historias.
Este libro es vuestro.*

1

EL ABUELO AQUILINO

DE PEQUEÑA VIVÍ EN UN HOTEL.

Fue cuando murió mi padre. Mi madre hizo las maletas y nos subimos a un tren. Salimos de la ciudad que era triste y sin poetas, y el tren la envolvió en una bocanada de humo. Mis hermanos y yo jugábamos por los vagones.

Después, el tren se detuvo y vimos al abuelo Aquilino en la estación, tan alto que nos gustó. Tenía bigotes de bandolero, bastón y lentes de estilo pinza. Se veía que era un señor importante, dueño de un hotel, por ejemplo, y que era capaz de darle un bastonazo a cualquiera.

Se enroscó el bigote al vernos, sonrió y dio dos golpecitos con el bastón en el suelo.

Toc, toc.

—¿Es que no vais a saludar a vuestro abuelo, ho? —rugió.

Tenía voz de domador de leones. Me encantaba esa voz. Mis hermanos, que son más pequeños, corrieron

a abrazarse a sus rodillas. Mi madre me empujó un poco para que yo también me acercara.

–Encantada, abuelo –dije haciendo una pequeña reverencia y poniéndome colorada hasta las orejas.

Al abuelo Aquilino se le encrespó el bigote y le resbalaron las gafas de pinza por la nariz.

–¡¿Queréis estaros quietos?! –les gritó a mis hermanos.

–Venga, niños, ya está bien –dijo mi madre.

–¡Viajeros al treeen! –gritó el encargado de la estación.

–¿Esto no Alicante? ¿No Alicante? –preguntaba desesperada una turista con el mapa del revés.

–Esto Asturias, As-tu-rias –le aclaraba un señor, gritando para que le entendiera.

Y por los megáfonos:

–El tren con destino a Orense, vía uno. Destino Orense, vía uno.

En un banco de la estación, un señor muy serio se secaba los ojos con un pañuelo.

–¿Ese no es el señor Aguado? –preguntó mi madre.

–Ese es, en efecto –respondió el abuelo, poniendo ojos tiernos.

–¿Y sigue viniendo?

–Ahí lo tienes, cada domingo. ¿Quieres saludarle?

–No, ya le veré en el hotel. No le vamos a molestar ahora que llega el tren de Orense.

El señor Aguado levantó un poco la cabeza, pero estaba tan ensimismado, con la vista perdida en las vías, que ni nos vio. Y eso que era difícil no vernos.

El abuelo Aquilino caminaba echando la espalda un poco hacia atrás y levantando el mentón. El viento le agitaba sus bigotes de morsa. Mis hermanos corrían dando voces y mi madre y yo arrastrábamos las maletas. De este modo, salimos de la estación, nos subimos al coche del abuelo, que era un Triumph Mayflower del 59, abombado y con poco espacio pero muy bonito, y así, apretados y ruidosos, llegamos al hotel.

2
EL HOTEL

Por la ventanilla del Mayflower corrían los
paisajes, y eran de un verde tan intenso que ponían
de buen humor. Nos hacían olvidar por qué habíamos venido a vivir al hotel. El sol iluminaba aquellos prados y las ramitas y las hojas hasta hacerlas
fosforecer. En medio de aquel resplandor, estaba el
pueblo. Y en medio del pueblo, frente a la casa del
ayuntamiento, el hotel: un gran edificio de piedra,
de dos alturas, con corredores de madera, que perte-
necía a mi abuelo. No había cartel ni placa que lo
anunciara, pero todos en el pueblo sabían que aquella
casona era EL HOTEL. Y sus habitantes –seis mujeres
y tres hombres más el abuelo, sin contar a los huéspedes– eran *los del hotel,* a los que nos sumábamos ahora
mi madre, mis dos hermanos y yo.

Las seis mujeres y los tres hombres eran todos hi-
jos del abuelo, o sea, hermanos de mi madre, o sea,
mis tíos, que sí, eran muchos y todos alegres y bo-

chincheros. Además de la familia, en el hotel vivían cinco inquilinos fijos y los pasajeros.

Una marabunta.

El abuelo frenó en seco y todos, maletas incluidas, caímos un poco hacia delante. Él se subió las gafas de pinza, que habían resbalado hasta la punta de la nariz, y nos sonrió bajo el bigote de aúpa.

–¡Bienvenidos a Jauja! –dijo.

Lo de *Jauja* era una forma de hablar. Jauja es una provincia de Perú, pero también un país mitológico donde no hace falta trabajar para vivir. Y en el hotel, con tanto inquilino, sí que hacía falta, ya lo verás.

Salimos del coche y allí estaban todos esperándonos, frente a la casona, muy tiesos, como si fueran los empleados de un gran castillo recibiendo a sus nuevos dueños. Sonreían e inclinaban la cabeza a nuestro paso.

El abuelo iba presentando:

–Servando, Jacinta, Amalia, Rosa, Manolo, Azucena, Violeta, Florencio, Juanita... Y el perro Nicanor.

–Si no hay ningún perro –protestó mi hermano mediano.

–¡Eso lo dices porque no lo ves! –gruñó el abuelo, y torció sus bigotes como si no le hubiera gustado que le llevaran la contraria.

Mis hermanos y yo dimos una vuelta en redondo, sobre las punteras de los pies, por ver si veíamos al

perro Nicanor. A mí se me levantó el vestido como un paraguas y luego se enrolló entre mis piernas, y eso me gustó. Giré para que volviera a ocurrir y seguí girando, aunque no hubiera ni rastro de Nicanor. Todos me miraron estupefactos, y entonces me detuve en seco y me sonrojé.

La tía Juanita, que era la más pequeña de todas las tías, nos chistó. Nos acercamos con disimulo, mirando de reojo al abuelo. Ella nos dijo:

–Al perro Nicanor lo atropelló un coche hace un año, pero él hace como si no lo supiera.

Miré al abuelo Aquilino, tan grave e imponente que parecía mentira que se hiciera el tonto con esas cosas tan serias.

De pronto, Azucena dio unas sonoras palmadas.

–¡Todos a sus puestos! –gritó–. Que viene mamá Leo.

Los nueve tíos desaparecieron en el interior de la casa. Creo que algunos entraron hasta por las ventanas. De ellos solo quedó el polvo de la carretera.

Mis hermanos y yo nos giramos y vimos a una señora mayor envuelta en pieles, con el pelo ahuecado y los labios pintados de un rojo vivo que formaban un diminuto corazón. Llevaba varias bolsas y unos tacones que le hacían tambalear los tobillos sobre la gravilla.

–¿Qué le ha parecido Estocolmo, doña Leonor? –preguntó el abuelo muy educadamente.

–Oh, hace un frío de mil demonios –contestó ella, envolviéndose en su abrigo de pieles, y eso que hacía sol–. No vuelvo a bajarme en este puerto.

La vimos entrar en el hotel. El abuelo la miró complacido, con una leve sonrisa en los labios. Después nos informó:

–Leonor Abella, nuestra inquilina de mayor edad. Lleva con nosotros diez años, desde que enviudó. Nunca tuvo una buena vida, la pobre. Creo que hemos conseguido que sea un poquito más feliz.

Mis hermanos y yo asentimos sin entender nada. Luego, el abuelo nos llevó adentro y nos enseñó el comedor, la cocina y nuestras habitaciones. El ala izquierda era la de los inquilinos; la derecha, la nuestra. El comedor se compartía y la cocina era el reino

de los tíos, al que todos acudían, huéspedes incluidos, para charlar y montar sus jaranas.

–En el fondo somos una gran familia –nos aclaró el tío Manolo antes de arrancarse a cantar:

Siga el panderu tocando, siga el tambor.
Ahora sale a bailar un amigu que yo tengo
y por eso voy a dar
un golpe más al panderu...

Y todas las tías y Servando y Florencio se pusieron a sacar ritmos a las sartenes y a las mesas. Al abuelo, aquello no le pareció mal.

–Menuda bienvenida, ¡eh! –dijo.

Y sonrió satisfecho.

3
LOS INQUILINOS

ADEMÁS DE LEONOR ABELLA, había un notario, un forense y una pareja de Canadá. Todos huéspedes fijos. Llevaban muchos años con ellos y mi madre ya los conocía.

El notario resultó ser el señor Aguado, aquel hombre que se secaba los ojos con un pañuelo en la estación. Cuando le dijeron que aquella mujer tan guapa, morena y alta, acompañada de tres niños, era Lali, o sea, mi madre, o sea, la cuarta hija del abuelo Aquilino, se le llenaron los ojos de lágrimas.

–Pero qué guapa estás –dijo.

Y no dijo más, pero se le veía emocionado con el encuentro. Era un hombre serio, callado y formal que cogió la buena costumbre de darnos la paga a los niños del hotel. Cada domingo, nos llamaba a su cuarto, donde tenía preparadas las monedas en montoncitos, más altos a mayor edad, y nos los iba repartiendo muy solemne, sin quitarse el traje ni la pelliza que llevaba en invierno.

El forense, al que llamaban Currito, era un andaluz destinado en Asturias que echaba de menos el sol, el gazpacho y las zetas de algunas palabras. Siempre que podía, se colaba en la cocina y discutía con el tío Manolo sobre el cantar.

–¡Que *laz tonadaz* que aquí *tenéiz* no tienen el alma del cante *jondo*! –gritaba poniéndose colorado, y era la única vez que se le oía gritar–. ¡A ver cuándo me dan el *trazlado* a mi tierra, *ozú*!

Y el tío Manolo:

–¡Más alma que la del *mineru* y la de la *vaqueira nun* la hay!

Y hacían un duelo de cantes que alborotaba a las aves y al señor Aguado, y sobre todo a los canadienses. A Leonor Abella, a la que todos llamaban doña Leonor cuando se dirigían a ella y mamá Leo si no estaba presente, le traían sin cuidado las canciones de la cocina. Ella estaba a sus cosas. Se arreglaba muchísimo y a veces gritaba:

–¡En este puerto sí que bajo!

Y se iba.

Los canadienses eran un poco un misterio. Nadie sabía por qué habían acabado en aquel pueblecito de Asturias ni qué hacían allí. Amables sí que eran, y hablaban inglés y francés con mucha corrección. El español lo llevaban regular, pero con la mímica nos entendíamos bien. Lo malo era cuando sonaba el teléfono y contestaban ellos. Nadie sabe por qué,

cuando el timbre rompía el silencio de la casa, los canadienses respingaban en sus sillas y de un salto levantaban el auricular, ansiosos de responder. No había manera de entender sus recados.

–Llamó el ahogado para los pasteles de la merienda –decían.

Y era el abogado para los papeles de hacienda.

O:

–La de la acacia, que se ha perdido.

Y era la de la farmacia, que tenía ya el pedido. Un desastre.

Al principio, mis hermanos y yo nos mirábamos pasmados, pero luego nos acostumbramos. Mi madre lo veía de lo más natural. Ella había crecido en el hotel.

A veces me habría gustado poder compartir todo aquello con mi padre. Entonces me sentaba en el porche y miraba la lluvia o el sol y a los habitantes del pueblo que cruzaban la plaza, y hablaba con mi padre como si estuviera delante.

Un día, el abuelo me pilló.

–¿Qué haces hablando sola, nena? –me preguntó entornando los ojos negros, que todos habíamos heredado, detrás del cristal de sus gafas de pinza.

Yo me puse roja como una manzana y paseé los ojos por los charcos de la lluvia. Al fin dije:

–Estoy hablando con el perro Nicanor, abuelo. ¿O es que no lo ves?

Y fue él quien se puso colorado. Carraspeó un poco antes de decir:

—A ver si crees tú que los perros entienden a los humanos.

Y se marchó golpeteando el suelo con el bastón, muy estirado.

4
LOS DOMINGOS

DE TODAS LAS TÍAS, Azucena era la que más mandaba y la más bromista. Tenía la costumbre de ponerse una gorra de capitán y darnos órdenes. Si no localizaba la gorra, podías encontrarla con cualquier cosa en la cabeza: la cáscara de un coco, un zapato, lo que fuera. Ella nos seguía organizando, sin inmutarse, llevara lo que llevara en la cabeza, tan circunspecta como el abuelo Aquilino.

Pero después la oías reírse en la cocina.

El domingo era el día que comíamos todos juntos, inquilinos incluidos, en el comedor. Mis hermanos y yo nos encargábamos de poner una mesa muy larga. Mamá Leo llegaba siempre cuando estábamos todos sentados, vestida de gala, y saludaba a diestro y siniestro con mucha coquetería. Yo pensaba que tendría cien años, pero tenía setenta y muchos, que aunque parezca lo mismo, no lo es. Hay una tía Jacinta entera de diferencia o tres Palomas, y no me refiero a los pájaros, sino a niñas como yo lo era entonces.

–¡Paloma, vete a buscar a Juanita y dile que venga a comer! –me ordenó la tía Azucena.

Y fui. La encontré, como cada domingo, leyendo una carta que estaba casi rota por las dobleces de tanto plegarla y desplegarla. Con mucha parsimonia, la volvió a doblar y se la guardó en el bolsillo, poniendo ojos de enamorada.

–Me ha escrito Faustino –me dijo, y sonreía.

Todos los domingos leía la misma carta y ponía los mismos ojos y decía las mismas palabras. Las tías y los tíos se hacían siempre los nuevos.

–¿De verdad que te ha escrito? –preguntaban.

–Pues no estarás contenta ni nada.

–Ay, Juanita, Juanita, qué te querrá ese Faustino...

La tía Juanita se reía encantada y así empezaban las comidas.

Los canadienses, que no se enteraban de nada, sonreían todo el rato. A veces Juanita les explicaba, agitando el papel en la mano:

–Carta de Faustino. Fa-us-ti-no.

Ellos asentían muy contentos:

–Tarta de langostino, sí, sí. Lan-gos-ti-no.

Y se quedaban tan anchos.

Los domingos, el abuelo sacaba la botella de vino, y al tío Manolo y a Currito el forense les salían coloretes. Entonces se ponían a discutir sobre música y, al final, acababan retándose a voz en grito.

Entonaba el tío Manolo:

Que no hay tres sino hay dos,
que no hay dos sino hay una,
es la jotina asturiana
lo más hermoso de la tierrina.
A mí me gusta lo blanco,
viva lo blanco, muera lo negro
que lo negro es cosa triste,
yo soy alegre, yo no lo quiero.

Y seguía Currito por alegrías:

Donde se cría el salero
viva Cái, viva El Puerto
y la Isla de San Fernando,
Chiclana y el Trocaero.

A veces, las tías se levantaban y bailaban. Pero solo la tía Rosa sabía bailar flamenco; las demás daban saltos y hacían pitos con los dedos, levantando los brazos, y lo llamaban el *chiringüelo*. A mis hermanos y a mí, al principio, nos daba vergüenza bailar, pero después ya no, y mientras recogíamos la mesa, íbamos dando brincos y moviendo las caderas: *que la sal del mundo tienes y nun la meneas nadaaa...*

El abuelo Aquilino nos gritaba:

–¡Cuidado con Nicanor! ¡A ver si vais a pisar al *perru*!

Y todos hacíamos como que lo esquivábamos. Guardábamos las sobras para Nicanor y luego se las echábamos a las gallinas de los vecinos.

Cuando ya estaba recogido el comedor, el señor Aguado, el notario, se levantaba muy ceremonioso. Nos miraba con los ojos graves y hondos, un poco de salmonete, uno de ellos detrás de un monóculo que brillaba como una moneda, y cabeceaba asintiendo entre satisfecho y melancólico. En el bolsillo de su chaqueta se veían los picos de su pañuelo escrupulosamente doblado. Después, desaparecía con su paso de notario, lento y solemne, y se iba en motocicleta a la estación a ver marchar el tren con destino a Orense.

–¿Por qué el de Orense? –pregunté yo en una ocasión.

–*Coses* de notario –respondió la tía Amalia.

Y se arrancó a bailar una jota asturiana.

5

UN ÁNGEL Y TRES FANTASMAS

CON TANTA FIESTA y tantos tíos, creerás que era difícil encontrar tiempo para estar triste. Pero a mí ese tiempo no me faltaba. A veces, cuando atardecía y se ponía a llover llevándose los paisajes y las luces, yo me sentaba en las escaleras del hotel y pensaba en mi padre. O mientras me balanceaba en los columpios oxidados del patio trasero y el viento me entrecerraba los ojos. O cuando apretaba la nariz contra el cristal y dejaba vagar la vista sobre el horizonte verde y nuboso. Y en cualquier momento. Porque a veces llegaba la imagen de mi padre sin previo aviso, como un rayo que me atravesaba y me dejaba suspensa, pensando que iba a entrar de un momento a otro por aquella puerta, la del hotel, y que diría alegremente:

—Por culpa de esta maldita lluvia he tardado tanto.

Pero no llegaba.

Había días que miraba con tanta fijeza la puerta de la casa que todos, incluida mamá Leo, se volvían

hacia ella y se hacía un silencio de ángel, como decía el abuelo Aquilino. Y había entonces un aire soplándome las mejillas, semejante a una presencia etérea y afable. Yo sentía pena y también una dicha secreta porque notaba que, de algún modo, mi padre estaba conmigo y que era ese ángel del que hablaba el abuelo.

Mis hermanos parecían haberlo olvidado, pero es que eran pequeños.

Además del ángel que era mi padre, el hotel tenía tres fantasmas. Se les oía ulular por las noches y crujían sus pisadas en los tablones de madera. Eran la abuela y los bisabuelos. Eso decía el tío Servando, que era el mayor de todos y que parecía muy juicioso,

con un bigote que no le llegaba ni a la altura del tobillo al del abuelo Aquilino, pero que lo intentaba.

–Todos murieron entre estas paredes –decía, tratando de que no se le escapara la risa por algún motivo que yo desconocía–. Y como fueron aquí tan felices, aquí se quedaron, *neña*. Pero *nun* debes tenerles miedo, que son de la familia.

Y cuando se encontraban los calcetines desparejados o se multiplicaban los cepillos de dientes o desaparecían la botella de vino y los pasteles de la cena, el tío Servando decía:

–¡Otra vez los bisabuelos!

Y ponía los ojos en blanco y suspiraba con resignación ante las tenaces jugarretas de los fantasmas.

Así que el hotel estaba lleno de vivos, y también de muertos, y todos éramos una gran familia.

Entonces empezó el colegio.

Mis hermanos y yo íbamos de la mano y nos mojábamos, porque casi siempre llovía. A veces llevábamos un paraguas y el viento lo empujaba tanto para arriba que parecía que íbamos a volar. Eso me gustaba; también los charcos que se formaban en el camino. Si podíamos, nos quedábamos un rato con las botas katiuskas enterradas en el barro, viendo los agujeros que formaba la lluvia a nuestro alrededor.

No sé por qué mojarse la cara y que haga viento produce alegría.

En el colegio tuve que presentarme y me puse colorada.

Un día, de regreso a casa, tirando de las manos de mis hermanos, vi que un niño de mi clase nos seguía. Lo vi más veces, y una tarde me armé de arrojo, puse las manos en jarras y me encaré.

–¡Y a ti qué te pasa!

–Eres del hotel, ¿verdad? –preguntó tímidamente.

Y entonces, de no sé dónde, salió una mujer muy grande, con las mejillas coloradas, el pelo corto y la cara cuadrada, como una pizarra. Llevaba un sobretodo azul y sus hombros y su pecho abarcaban todo el horizonte al que llegaban mis ojos.

–Pues claro que *ye* del hotel. No hay más que ver esos ojos negros –dijo con una voz gruesa y bien sonora.

Después le dio tal palmada al niño que casi sale volando.

–Tú *yes* la *fía* de Lali, ¿verdad, *neña*? Y estos, los tus hermanos.

Asentí tímidamente porque aquella señora daba mucho respeto.

–Pues dale recuerdos a la tu madre de parte de María, la farmacéutica, la de los botes. Y dile que se acerque a *haceme* una visitina, ho.

–Sí, señora.

–No me llames señora, que voy *date*. *Prefieru* que me llames gorda a que me llames señora. ¡Vamos, Goyo, a la farmacia!

Y, agarrando de la mano al chico, desapareció por el camino embarrado. El niño, antes de echar a volar, me dedicó una sonrisa.

No sé por qué, aquella noche, mientras escuchaba el ulular de los fantasmas y sentía el ala de mi padre posarse en la almohada, pensé en aquel chico que se llamaba Goyo. Había algo en él que me gustaba, como si intuyera que iba a ser mi mejor amigo.

6
GOYO

GOYO ERA EL HIJO DE LA FARMACÉUTICA, María la de los botes, grande como un armario y bruta y buena como ninguna. De su madre, Goyo solo había heredado la nobleza. Era esmirriado y frágil, y tan pacífico que parecía un pazguato, como decían en el pueblo. Algunos niños del colegio le llamaban *tonto del bote,* haciendo un juego con su apodo, y él no decía nada. Pero no era tonto, solo que vivía un poco apabullado por su madre.

De tanto seguirme a la salida del colegio, nos hicimos amigos.

Un día le pregunté:

–¿Por qué no te defiendes cuando te llaman esas tonterías?

Él se encogió de hombros.

–Si tu madre se entera, los pone boca arriba –dije riéndome.

Pero él me miró muy serio.

–Eso es precisamente lo que no quiero.

Lo que más me gustaba de Goyo era aquella expresión huraña que achicaba sus ojos marrones o grises, como de lluvia. Era callado y grave, pero se reía cuando encontraba una castaña pilonga, una chapa o un nido de verderón en la horquilla de un árbol.

Cogimos la costumbre de pasear en silencio por los alrededores del hotel. A veces nos íbamos a los columpios del patio trasero. Mientras nos balanceábamos, yo le contaba a Goyo sobre las personas tan célebres que vivían en el hotel, y todo era viento y el chirriar de las cadenas de los columpios.

–¿Y Juanita lee siempre la misma carta?

–La misma, como si la hubiera recibido en ese momento.

–¿Y el notario va a ver salir el tren de Orense cada domingo desde hace quince años?

–O veinte.

–¿Y por qué no se monta en el tren?

–No sé. Cosas de notario.

–¡Y el forense y tu tío se matan a canciones!

–Se matan.

–¡Y doña Leonor Abella vive como si estuviera en un barco!

–En un crucero. Y sale a ver los puertos. Un día dice que está en Dublín y al siguiente se baja en Greenock, da una vuelta al pueblo y vuelve sonriente contándonos muchas anécdotas. Ahora está de viaje por los países nórdicos. La vuelve loca el norte.

–¿Y tus tíos le siguen la corriente?

–Se la siguen.

–Ya, lo normal –decía él poniendo la misma cara que si hubiera mordido un limón.

–Y luego están los canadienses, pero a esos no hay quien los entienda –completé–. Y los tres fantasmas.

Del ángel que era mi padre, yo no quería hablar.

A veces veíamos al abuelo Aquilino pasear arriba y abajo de la calle. La curva de su barriga se bamboleaba con su paso festivo. También el airoso bigote se le movía, y daba gusto verle tan imponente y señorial. En alguna ocasión le oímos decir:

–¡Venga, Nicanor, que te retrasas!

Goyo me miraba desconcertado, y yo tenía que asentir.

–El abuelo Aquilino también tiene lo suyo.

Entonces él se reía y me decía:

–Pues no os falta de nada.

Pero sí que nos faltaba, sí. Y un día llegó, se hospedó en el hotel y lo puso todo patas arriba. Menudo lío. Aunque antes te voy a contar el secreto del señor Aguado, que lo descubrimos por aquellos días. El de los canadienses no lo supimos hasta mucho después.

• 7

El secreto del señor Aguado

Ocurrió un domingo. Ya habíamos acabado de comer y de recoger el salón. Contemplábamos el chisporroteo de la chimenea del comedor, y su calor nos encendía las mejillas. El abuelo Aquilino, sentado en su sillón orejero, roncaba alegremente, levantando las punteras del bigote a cada resoplido. La tía Azucena cabeceaba en el sofá, con una tapa de cazuela en la cabeza cayéndole sobre la frente. También el forense y el tío Manolo se dejaban llevar por el sopor de la tarde, tan juntos en el sofá que parecían hermanos en lugar de rivales. La tía Juanita leía la carta de Faustino muy cerca del fuego y parecía una niña ilusionada. Los canadienses permanecían sentados, con las espaldas bien rectas, alrededor del teléfono, al que miraban fijamente como si así fuera a sonar. Creo que mamá Leo no estaba. Debía andar por algún puerto de Islandia. Mi madre y mis hermanos dormitaban abrazados en el otro sofá.

Afuera, la lluvia golpeaba las ventanas, y era bonito escuchar su bravata y ver correr los caminos de agua en la oscuridad de los cristales. A lo lejos se oía el zumbido de una motocicleta que venía a unirse a los monótonos ruidos de la tarde y sus fantasmas. Era fácil imaginarse al perro Nicanor tumbado junto al fuego. La vida doméstica y apacible nos envolvía dulcemente.

Y entonces la puerta se abrió de golpe.

La tía Juanita levantó los ojos de la carta y su expresión soñadora se transformó en sorpresa. Y lo mismo la de la tía Azucena, que abrió mucho los párpados debajo de la tapa de cazuela. También los canadienses y mi madre y mis hermanos volvieron la cabeza, asombrados. Y no era para menos.

El que había entrado con aquella vehemencia era el siempre discreto señor Aguado. Su monóculo colgaba de la cadena, balanceándose torpemente, y no llevaba el pañuelo en el bolsillo de la chaqueta. Pero lo que más sorprendía era la expresión de dolor de su rostro. Bajo los chorros de agua que le caían del pelo empapado, sus ojos de salmonete parecían haber envejecido una barbaridad y se le veía el desconsuelo hasta en el gesto de las manos. Con paso lento y atribulado, alcanzó el sillón que le correspondía por ser el inquilino más antiguo y se desplomó en él.

–Se acabó. No volveré a la estación. No veré nunca más marcharse el tren de Orense –murmuraba entre gimoteos.

Nos quedamos de piedra.

–Pero, hombre... –trató de calmarle la tía Azucena–, ya será para menos. Algún día irá.

–No y no –repetía desolado.

Con tanto lamento, el abuelo Aquilino se despertó.

–¿Pero qué pasa? ¡¿Qué pasa?! –gritó, aún saliendo del sueño.

Y menuda voz la del abuelo.

–Que el notario no quiere volver a ver la salida del tren de Orense –le explicó la tía Rosa.

–¡Pero, alma de cántaro –exclamó el abuelo levantando ambas manos al cielo–, si llevas haciéndolo veinte años!

–Ya, ya, pero no sigo.

–¿Y qué es lo que ha sucedido, hijo? –preguntó ahora el abuelo con voz tierna.

Daba gusto ver a aquel gigantón tratar de aquella forma tan delicada a sus huéspedes.

El señor Aguado parecía no querer contarlo. Se hundió más en el sofá y, con todo lo serio y grave que era, se quedó allí engurruñado y llorando, como un miserable.

No sé por qué yo también me encogí un poco y toqueteé las monedas que aquella misma mañana nos había dado el notario. Entonces él carraspeó como

si fuera a desvelar el motivo de su decisión, y todos le rodeamos, incluidos los canadienses.

–Está bien –dijo–. Debo confesaros por qué me gustaba ver marchar el tren de Orense los domingos.

–No es necesario si no quiere, señor Aguado –dijo muy respetuosa la tía Juanita, y todos la miramos con cara de pocos amigos.

–¡Que *ze dezahogue*, hombre, que *ze dezahogue*! –gritó Currito el forense.

–Eso –le apoyó el tío Manolo–, dejad al notario que hable.

–Hace años, cuando yo era un joven guapo y elegante –aquí volvió a carraspear con humildad–, conocí a una mujer: Marineli. Trabajaba para las líneas ferroviarias.

–¡En el tren de Orense! –gritó uno de mis hermanos, y recibió una colleja.

–Aquí, en Asturias –aclaró el señor Aguado–. Bien, Marineli tenía una voz hermosa, hermosísima. Ya sabéis lo que nos gustan las voces hermosísimas a los notarios –y aunque no lo sabíamos, nadie le interrumpió–. El caso es que nos hicimos novios formales. Nos habríamos casado si no hubiera ocurrido aquella desgracia.

–¡En el tren de Orense! –gritó otra vez mi hermano, y recibió otra colleja merecida y más fuerte.

–Marineli enfermó. Ella luchaba por su vida y me decía que no podía dejarme solo, y que por eso no iba

a morirse. Pero, al cabo de unos meses, su cuerpo no resistió y ocurrió lo peor. Murió. Y yo no pude soportarlo.

Aquí todos empezamos a llorar. O casi todos, porque los canadienses seguían sonriendo y agitando las cabezas haciendo mucho esfuerzo por comprender. Yo veía a la tía Juanita que se secaba las lágrimas con el papel de la carta de Faustino, y a la tía Azucena que se escondía bajo su improvisado sombrero para que no viésemos sus ojos emocionados. También al abuelo Aquilino se le humedecieron las pupilas detrás de las gafas de pinza, y al tío Manolo y a Currito les palpitaban las aletas de la nariz al tratar de evitar que se les desbordara el llanto. Mi madre tuvo que secarse las lágrimas, y yo sabía en quién pensaba ella porque yo también pensaba en mi padre. Miré las luces rojas del fuego y la lluvia en los cristales, y luego recorrí el salón en busca del ángel. Por suerte, una ráfaga de aire vino a confirmarme que seguía con nosotros, y pude contener el sofoco de mi corazón.

El notario seguía contando su historia con la mirada perdida en los recreos del fuego.

–Murió Marineli sin que nos hubiéramos hecho una foto siquiera. Pero había algo que aún quedaba de ella en este mundo, y eran las grabaciones que había hecho para la compañía ferroviaria con las salidas de los trenes. Sí, su voz hermosa, dulce y un poco amarga, como conteniéndolo todo, sonaba en la esta-

ción cada vez que salía un tren. Y allí estaba yo, sentado en un viejo banco, escuchando la voz de Marineli que ya no existía más que en aquella cinta vieja y usada. Pero era ella y, cuando la oía, tenía la sensación de que estaba conmigo. Poco a poco, fueron sustituyendo los trenes y las grabaciones, y solo quedó el tren de Orense de los domingos. Allí estaba Marineli, en el aire de la estación susurrando al viento: *Tren con destino a Orense, vía uno. Destino Orense, vía uno.* Y yo sentía que estaba a mi lado, susurrándome al oído. Pero...

–Qué historia tan hermosa y tan triste –susurró la tía Juanita con la voz conmovida y casi inaudible,

y miró su carta un poco con desdén, reprochándole que no escondiera una tragedia semejante.

–¿Pero qué? –preguntó un canadiense, y se puso colorado.

Todos estábamos tan atentos y compungidos con la historia del señor notario que no advertimos la repentina buena pronunciación del inmigrante.

–Pero hoy –concluyó el señor Aguado volviendo a desplomarse en el sillón–, hoy han cambiado la cinta, y el anuncio de la partida del tren de Orense lo hace un vasco. ¡Un vasco!

Todos nos llevamos las manos a la boca para ahogar un grito, y la tía Juanita no lo ahogó y sonó hasta

en los Urrieles, que es un pico que está en la zona de Llanes. Comprendimos a la perfección el abatimiento del señor Aguado. El abuelo Aquilino se secó los bigotes, que goteaban a causa del llanto, y golpeó el suelo de tal modo que comprendimos que haría algo para ayudar al notario.

Y en esas estábamos cuando, a los pocos días, comenzaron nuevas preocupaciones, tan graves que la pena del señor Aguado pasó a segundo plano. Y todo por culpa de un hombre menudo. Verás.

8
Menudo hombre menudo

Llegó una tarde lluviosa en que estábamos Goyo y yo haciendo los deberes en el comedor del hotel. La tía Azucena había encendido el fuego que chisporroteaba en la chimenea. Las ventanas estaban empañadas y la lluvia abría senderos en los cristales tras los que se veían la calle gris, los paraguas y la carrocería brillante de un coche fugaz. Mis hermanos jugaban en el suelo con Nicanor –lo del abuelo era en verdad contagioso– y se oía el trastear de las tías en la cocina. A veces nos llegaba también una nota del tío Manolo cantando alguna tonada asturiana y, al rato, como atraído por aquella nota, desde algún otro lugar de la casa, se escuchaba un fraseo por bulerías, breve y ensortijado.

El señor Aguado leía el periódico en el comedor, entre apenado y circunspecto.

Olía a abrigos húmedos, a chimenea.

Y entonces, uno de esos paraguas que cruzaba la calle se acercó a la puerta del hotel y llamó.

Abrió la tía Rosa.

Todos volvimos la cabeza hacia la puerta.

Allí, en el umbral, sacudiendo su paraguas, había un señor con un ridículo bigote y guantes blancos. Era un hombre pequeño e inquieto, como un gorrión, que enseguida ofreció su mano y habló, bajando tanto la voz que casi no le oímos:

–¿Está libre alguna habitación? ¿La número tres, por ejemplo?

Todos contuvimos el aliento: los tíos que asomaban sus cabezas por la puerta de la cocina; el señor Aguado, detrás del periódico, aún compungido, y mis hermanos desde el suelo. Porque aquella habitación era la de los canadienses. A ver si ese hombre iba a saber algo de los canadienses.

–La tres no, señor –dijo la tía Rosa–. Pero tenemos *otres*.

Y enseguida llegó la tía Azucena, con una bolsa de plástico en la cabeza y los brazos en jarras, muy resuelta.

–¿Y cómo dice que se llama este señor tan amable?

–No lo he dicho.

La tía levantó las cejas de tal modo que el hombre se acogotó. Encogió un poco los hombros y rebuscó en los bolsillos de la gabardina, que estaban empapados. Al fin, le tendió una tarjeta a la tía Azucena. Al verla, casi se le escapa un gritito, pero se contuvo. Buena es ella.

–Acompáñeme –dijo.

El hombre tiró de un maletín y se adentró en la casa, dejando un reguero de agua a su paso. Traía cara de pocos amigos y lo miraba todo con avaricia, apoyándose a cada rato en su paraguas. El señor Aguado, que se había puesto su monóculo para mirar la tarjeta de lejos, meneó la cabeza. Con una pena honda y una suspicacia de notario experimentado, dijo entre dientes:

–¡El que faltaba!

Goyo y yo nos miramos intrigados. Después volvimos la vista hacia el hombre menguado, que ya se iba tras la enérgica y simpática tía Azucena. No sé por qué nos pareció que aquellas manos enguantadas y aquel andar a saltitos soltando restos de lluvia dejaban una estela triste, un poco amarga y bastante sospechosa.

–¡Deja de ladrar, Nicanor! –ordenó uno de mis hermanos.

Pero en la casa había un silencio de muerte. Por no oírse, no se oían siquiera las notas del tío Manolo o de Currito, ni los lamentos de los tres fantasmas. Y todos los tíos y las tías fruncían el ceño, como si la visita de aquel hombre menguado fuera a cambiar nuestras apacibles y singulares costumbres.

9
EL METOMENTODO

AL PRINCIPIO, con el nuevo huésped, la vida en el hotel se volvió simplemente extraña. Nada grave. Todos andaban un poco nerviosos, y no era para menos, porque aquel hombre resultó ser un metomentodo, como le llamaba la tía Juanita. Los canadienses decían:

–Melones todos, sí.

Y sonreían achicando sus inocentes ojos canadienses.

Al huésped, al que llamaré señor X para no desvelar su identidad, se le veía en todas partes, con sus guantes blancos y su maletín. En ocasiones sacaba un dedo, envuelto en aquella seda nívea, y lo pasaba por los muebles, por los platos, por la encimera, y se quedaba largo rato mirando aquel dedo y cabeceando.

Como era pequeño e iba a saltos, a veces lo perdíamos de vista. Pero cuando menos te lo esperabas estaba detrás de ti, espiando. A la tía Violeta, que era la más amedrentada de todas, le sacó más de un grito.

Pero lo peor ocurrió un viernes, en la cocina. Claro que todavía no habíamos llegado al domingo.

Entonces era viernes. El tío Manolo, que se había puesto unas partituras en los zapatos porque le quedaban grandes, estaba cortando cebollas. Con la llorera, como es natural, le entraron ganas de cantar. Por supuesto que allí estaba Currito, nuestro forense, ayudando a pelar patatas, y enseguida que oyó al tío Manolo cantar, se puso colorado y a dar gritos:

–¡*Ozú*, pero qué canción *ez eza*! ¡Que *así* no *ze* canta, Manolete!

Y se arrancó con unas coplas:

Que yo ya no puedo máz,
mi locura ez tal locura,
me ziento como una hoja
en medio del vendaval.

Y había que reconocer que aquella estrofa tenía un *no sé qué* que parecía que estábamos todos en un vendaval. La tía Juanita nos explicó que eso era *poesía* y puso ojos de enamorada. Todos le sonreímos y estuvimos de acuerdo, aunque fuera una canción andaluza.

La tía Rosa ya iba a enroscar los brazos por bulerías cuando el tío Manolo, que veía más poesía en la suela de sus zapatos y en sus partituras arrugadas que en la canción del forense, cantó a voz en grito:

Aunque me cubra la nieve...
Si la nieve que cae cubre el sendero,
ya no veré en el monte lo que más quiero.
¡Ay, amor! Si en la nieve resbalo...
... qué haré yo.

Y era también bonito ese estribillo; por eso no entendimos lo que pasó.

De pronto, allí estaba el señor X, alzándose sobre las punteras de sus zapatos para parecer más alto. Ensanchaba el pecho y gritaba como un loco:

–¡Silenciooo! ¡Silenciooo!

Y a la tía Juanita, que ya tenía los ojos húmedos de tanta emoción, se le abrió la boca de puro pasmo. Y la tía Rosa, que comenzaba con un zapateado, se quedó petrificada con un pie en el aire.

–¡A partir de las ocho de la tarde, en un hospedaje como Dios manda, no se hace ruido! –dijo el metomentodo, o sea, el señor X, o sea, el esmirriado ese.

Y guiñó mucho los ojos, que era un tic nervioso que tenía.

–Y si no se puede hacer ruido, ¿qué hacemos? –preguntó desconcertada la tía Rosa, recuperando la movilidad.

Todos nos miramos sin saber qué contestar.

Al fin, mamá Leo dijo:

–¡Pues yo me voy a ver Copenhague!

Y se fue.

Ese día cenamos la tortilla de patata con cebolla en silencio.

–Ha pasado un ángel –dijo el señor X, haciéndose el simpático.

Y me dio tanta rabia que aquel hombre hablase de mi padre, que me levanté y me encerré en mi cuarto dando un portazo.

10
EL OFICIO DEL SEÑOR X

TENGO QUE RECONOCER que aquel hombre me resultaba antipático. Lo miraba todo como desde una gran altura, y eso que era un hombre más bien bajo o muy bajo, menudo, como ya te he dicho. Todo lo observaba y tomaba anotaciones en una libretita, a escondidas, y yo me di cuenta de que aquel hombre no era trigo limpio.

El notario también lo debió comprender enseguida, porque más de una vez le oí murmurar para sus adentros:

—Espero que don Aquilino tenga a buen recaudo sus posesiones. Como para fiarse de este.

Y disimuladamente señalaba al señor X, que vagaba de aquí para allá, con sus saltos, sus guantes, su mirada suspicaz y su libretita de notas. Supe a qué se dedicaba el día que miré por encima de su hombro las anotaciones de aquella libreta. Allí había enumeradas todas las pertenencias del hotel y un numerito a su lado, que era el valor que él les daba. Me puse

colorada de la indignación. Comprendí de inmediato. A Goyo le costó un poco más darse cuenta. Tuve que espabilarle.

–¿A que no sabes a qué se dedica el señor X?

Mi amigo encogió los hombros.

–Solo hay que verle sus guantes y sus maneras sigilosas. ¡Piensa un poco!

Él se quedó un rato callado, como si le costase mucho pensar. Al fin dijo:

–¿Mayordomo?

–¡No, hombre, no!

Tuve que sacudirle y traerle a la realidad.

–Mira el maletín, su forma de observar la casa con codicia y los apuntes que hace sobre las cosas del hotel. Lleva guantes para no dejar huella y poder garrapiñar, ¿comprendes ahora?

Le miré de una manera muy profesional. Levanté las cejas y esperé pacientemente a que él solito lo dedujera. Y lo hizo:

–¡Un ladrón! –susurró arrebolándose de excitación.

–Un ladrón de guantes blancos –asentí.

Tras el descubrimiento, estuvimos un rato en silencio. Ahora nos caía un poco más simpático aquel señor que, al fin y al cabo, tenía un oficio muy aventurero, aunque fuese poco honrado. Le empezamos a mirar de otra manera. Pero entonces llegó el domingo y volvimos a cogerle bastante tirria. Tú también se la habrías cogido.

11
EL DOMINGO

AQUEL DOMINGO fue el comienzo de la gran hecatombe.

Yo hasta entonces no sabía el significado de la
palabra *hecatombe*. Si tú no lo sabes, puedes buscar
la palabra en el diccionario o esperar, porque ahora
lo vas a saber.

Mis hermanos y yo pusimos la mesa. Después subimos al cuarto del señor Aguado y nos dio la paga,
como siempre, aunque más circunspecto que otras
veces, esa es la verdad. Con el ruido de la calderilla
en los bolsillos, regresamos al comedor. Ya estaban los
tíos y las tías sentados a la mesa, y también Currito,
venga a hablar del salmorejo y de la tacita de plata,
y los canadienses tan sonrientes que parecían chinos,
en lugar de canadienses.

–Sale conejo y paquita la vaca –decían.

Y era «salmorejo» y «tacita de plata», por si no lo
habías entendido, pero no sé por qué ese domingo

no nos hacía tanta gracia. Había en el aire como un presagio, y era a causa de los pasos que se escuchaban en el corredor, como a trompicones, cada vez más cerca hasta alcanzar la sala.

Y allí estaba: el señor X.

Nos sonreía desde la puerta con sus guantes blancos y su bigote y sus ojillos suspicaces. Enseguida entró corriendo la tía Juanita, apretando contra el pecho la carta de Faustino y sonriéndonos con esperanza. Con las prisas zarandeó al metomentodo, que tuvo que recomponer su pequeña figura para no parecer un poco ridículo y, brincando, fue a sentarse a la mesa con nosotros. El señor Aguado también llegó, deprimido y sin monóculo desde lo del tren de

Orense. Y ya estábamos todos menos mamá Leo, que siempre hacía su aparición a mitad del primer plato.

–¿Carta de Faustino, Juanita? –preguntó la tía Azucena, sirviendo la fabada.

Juanita se sonrojó.

–Me acaba de llegar ahora mismo –dijo, y había tanta emoción en su voz que todos sonreímos complacidos.

Entonces, al señor X le entró un ataque de risa que fue como un ladrido de perro.

–Pero si ese papel es más viejo que don Aquilino –dijo secándose las lágrimas de los ojos con los dedos enguantados.

El abuelo y la tía Azucena le miraron malhumorados.

–Me ha llegado hoy –insistió Juanita, tratando de poner ojos de enamorada, pero no le salían.

–Sí, claro –dijo el señor X–, y yo soy cura.

Y se puso a comer fabada como si lo fuese, y hasta se le caía un poco del caldo por la comisura de la boca. Todos le mirábamos tan fijamente que no nos dimos cuenta de que mamá Leo entraba con su boa de visón y sus coloretes.

Se detuvo en medio del comedor, desconcertada porque nadie la miraba, y entonces al señor X se le abrieron mucho los ojos y se atragantó, y ya todos volvimos la vista hacia mamá Leo, que era la causa de su estupor. Ella sonrió aliviada y se acercó a saludar a la tía Azucena y al abuelo, dando besos y sonriendo a todos con mucho encanto.

–¡Bienvenida de nuevo a la mesa del capitán, doña Leonor! Es muy grato tenerla entre nosotros –dijo el abuelo estrechándole la mano y modulando su voz de domador de leones.

–Gracias, capitán –dijo mamá Leo–. Con las últimas borrascas y el movimiento del barco, a punto estuve de no salir del camarote. Pero creo que pronto llegaremos a Trondheim.

–¿Trondheim? –preguntó atónito nuestro metomentodo.

–¿Y querrá usted bajarse a dar una vuelta? –continuó muy educadamente el abuelo, ignorando al gorrión.

–Oh, me encantaría. Las casas de colores a la orilla del río Trondheimsfjorden son verdaderamente un espectáculo.

–¿Trondheimsfjorden? –se admiró de nuevo el señor X.

Te aconsejo que no trates de repetir ese nombre mientras comes fabada, como hizo el señor X. No te voy a contar aquí las consecuencias de ese irresponsable acto, pero tardamos días en quitar las manchas del techo.

–¿Dónde está Trondheimsfjorden? –preguntó.

Y venga a volar fabada...

De nuevo nadie le hizo caso porque todos, como es natural, ya sabíamos que Trondheimsfjorden es el río que confluye con el río Nidelva, en la ciudad noruega de Trondheim. Yo, con mamá Leo, aprendí mucho de geografía.

La conversación siguió su curso normal y el abuelo abrió la botella de vino. Todos brindamos por Trondheimsfjorden (menos el señor X) y seguimos a lo nuestro.

Currito y el tío Manolo empezaron a ponerse colorados y se les veía, por la agitación de los dedos y los movimientos de las orejas, que querían ponerse a cantar. La tía Amalia vino corriendo de la cocina

y nos dijo con gran pesar que había desaparecido el arroz con leche.

—¡Vaya con los bisabuelos! —exclamó el tío Servando—. Para ser fantasmas, les gusta demasiado la comida.

Y nos pusimos a discutir sobre si los fantasmas comen o no y, en caso de que comieran, si el arroz con leche no les daría dolor de barriga. Entonces Currito no pudo más y se arrancó a cantar una copla. El tío Manolo le siguió con una tonada asturiana de pura cepa y todos empezamos a dar palmas con la servilleta en la cabeza, que es lo que hacemos para mostrar nuestro entusiasmo (cada familia tiene su código doméstico).

Entonces, el señor X explotó.

—¡Pero esto no es un hotel! ¡Esto es una casa de locos! ¡Usted, señora, no está en un barco, entérese! ¡Y a la muchacha esta no le ha llegado ninguna carta! ¡Los domingos no hay correo! ¡No hay correo! ¡Y los fantasmas no existen! ¡Además, no se puede comer y cantar! Quien come y canta, algún sentido le falta. ¡Hasta aquí podíamos llegar! ¡Esto no hay quien lo aguante! Este hotel tiene los días contados. Mi informe no dejará duda.

Entonces, el abuelo Aquilino se levantó hecho una furia, con los bigotes disparados y los ojos muy abiertos. Golpeó el suelo con el bastón. A todos nos dio un poco de miedo por si golpeaba también al señor me-

tomentodo, que se había encogido sobre sí mismo bastante acobardado para ser un ladrón, la verdad. Con mucha dignidad, el abuelo dijo:

–¡A usted sí que no hay quien lo aguante! ¡Nicanor, vamos!

Dio un silbido y se fue.

Todos tragamos saliva. El señor X suspiró aliviado por haberse librado del garrotazo, y fue recuperando su tamaño a medida que el abuelo se alejaba y su formidable figura se empequeñecía.

–¿Nicanor?, ¿quién es Nicanor? –preguntó amoscado.

Pero nadie le respondió porque todos estábamos trastornados. Había que ver la mirada afligida de la tía Azucena y del tío Servando, de Manolo y del forense Currito. Por no hablar de la tía Juanita, tan joven, y de mamá Leo, tan vieja, con las ilusiones hechas añicos por culpa del ladrón de guante blanco. Miramos al señor Aguado esperando que se levantase para ir a la estación, y entonces caímos en la cuenta de que ya no iría porque ahora era un vasco el que anunciaba la marcha del tren de Orense. Todo nuestro mundo se estaba desmoronando.

12
HECATOMBE

Ahora ya sabes que una hecatombe es una desgracia, una catástrofe. Y en verdad que aquello lo fue.

Desde ese domingo, se veía a mamá Leo como perdida y ni siquiera se echaba colorete. Se sentaba en la butaca del comedor con los ojos en los cristales, donde a veces rebotaba la lluvia, y parecía envejecer por momentos. También la tía Juanita tenía la mirada perdida y ya no le brillaban los ojos ni hablaba de Faustino ni parecía enamorada. Y, para colmo de males, el notario seguía con aquella tristeza suya y no sabía qué hacer los domingos. Ni siquiera se oían por la casa las voces de Manolín y Currito. Solo el rebotar de aquella lluvia. Y el eco de los gritos del señor X. Y el bastón del abuelo de acá para allá en paseos lentos y meditabundos.

La tía Azucena había dicho:

–¡Ese hombre no será capaz de cerrarnos el hotel!

Pero todos callaban y en su silencio se veía que aquello era posible, aunque yo no entendiera qué te-

nían que ver aquel hombrecillo, por muy ladrón que fuera, el informe del que hablaba y el cierre del negocio del abuelo.

Mi amigo Goyo y yo deambulábamos por los alrededores del hotel tratando de sacar conclusiones. El agua nos empapaba y el viento enfriaba nuestras mejillas, pero no era lo mismo que antes de que apareciera el señor X. La lluvia y el aire ya no producían esa sensación de libertad y de alegría. A veces nos deteníamos y mirábamos la casona y sus corredores, y nos preguntábamos si en verdad aquel señor bajito tenía poder para cumplir su amenaza y a cuento de qué venía ponerse como se había puesto, si no hacíamos mal a nadie con nuestros asuntos. Un día, le pregunté a mi madre:

–Mamá, ¿es verdad que ese señor tan antipático puede cerrarnos el hotel?

Mi madre, que tiene los ojos más negros y más lánguidos de toda la familia, me sonrió resignada. Entornó aquellos ojos suyos y yo la admiré porque hay que ver lo guapa que es mi madre, resignada y todo.

–El hotel anda en dificultades. No ganamos suficiente dinero con nuestros inquilinos y tenemos una deuda, Paloma. Si el señor X hace un informe negativo de nuestra capacidad de ganar dinero con el hotel, el banco no querrá darnos crédito. En ese caso, no quedará más remedio que vender la casa y repar-

tir el dinero entre todos los tíos para empezar una nueva vida.

–¿Entonces no es un ladrón?

–No, hija, no, cómo va a ser un ladrón. Es un trabajador del banco.

Me quedé tan blanca que es posible que alguien que pasara por allí en ese momento hubiese creído que me había vuelto fantasma, como los bisabuelos. Tuve que apoyarme en la pared y tragar saliva. De pronto odiaba a aquel hombre menudo, que no tenía siquiera altura para ser un ladrón, que era un simple trabajador del banco del que dependía, encima, el futuro del hotel.

–¡Maldito! –dije entre dientes, levantando un poco el puño.

Entonces mi madre trató de sonreír otra vez y pasó su mano por mis cabellos.

–Entre todos intentaremos convencer al señor metomentodo de que este hotel tiene mucho futuro. Ya verás como lo conseguiremos, Palomita.

Pero su voz no sonaba muy convincente. Y odio que me llamen Palomita.

Me fui enfurecida, golpeando bien fuerte el suelo para demostrar mi rebeldía. Aquel bichejo del señor X había venido para robarnos las ilusiones, la familia, el hotel y el futuro. ¡Claro que era un ladrón, un caco, un bandolero, un malhechor! ¡Y de los peores! ¡Algo había que hacer!

Para empezar, comencé a mirarlo con mucho rencor cada vez que me cruzaba con él. El despreciable señor X trataba de sonreírme y se quedaba siempre con un gesto como si se le hubiera atragantado una aceituna. Se le veía en los ojos que estaba inquieto o incómodo, y yo sonreía satisfecha por haberle importunado. También le espiaba, y me di cuenta de que a veces el señor metomentodo se quedaba con la mirada ausente, y era como de pesar esa mirada. Pero al rato, ajustándose la corbata y a saltos, como era su costumbre, se presentaba en el comedor bien sonriente y nos hacía comentarios ásperos que debían producirle un profundo regocijo.

–¿No seguirá esperando carta, Juanita? –decía, guiñando mucho los ojos y soltando su risa afónica y perruna.

O:

–¿Qué, doña Leonor, aún sigue pensando que Trondheimsfjorden está a la vuelta de la esquina, ji, ji, ji?

O:

–Ah, señor forense, me alegra mucho saber que ha abandonado el cante jondo. Un hombre de su talla y de su oficio no debe dejarse llevar por tales flaquezas.

A veces, por no aguantarle, llegábamos a desear que hiciera las maletas y el informe, pero él no acababa de irse del hotel, como si fuera feliz entre noso-

tros, amargándonos a todos con sus frases y su odiosa presencia.

Para no verle, le pedí a Goyo que, en lugar de hacer los deberes en el hotel, fuéramos a su farmacia. Nos sentábamos en el suelo de la rebotica, entre los frascos de medicinas y los matraces, y escribíamos en nuestros cuadernos, chupeteando a ratos el bolígrafo y dejando vagar la vista por los estantes. Pero yo no veía aquellas botellitas etiquetadas ni percibía el intenso olor de sus líquidos. Pensaba en el hotel y me preguntaba si en verdad mi familia conseguiría que el señor X hiciese un informe favorable, o si por el contrario acabaríamos vendiendo el hotel y separándonos. Entonces, me hacía muchas preguntas y mi cabeza daba vueltas y vueltas completamente apesadumbrada. ¿Nos seguiría el ángel que era mi padre allá donde fuéramos? ¿Serían los fantasmas de una nueva casa igual de familiares? ¿Cuándo volvería a bailar el chiringüelo junto a mis tíos? ¿Y quién me hablaría de los ríos noruegos?

Después, pensaba en los desastres que ya se estaban llevando la alegría de mis tíos y de los huéspedes. Sin duda, las más damnificadas eran la tía Juanita y mamá Leo, con las ilusiones hechas pedazos.

13

La tía Juanita y mamá Leo

Una tarde me encontré a la tía Juanita sentada junto al fuego. Las llamas ponían reflejos anaranjados a su cara aniñada. Parecía estar absorta en aquella viveza y aquella luz. Tenía en sus manos la carta ajada de Faustino. De pronto, las llamas se avivaron y observé sobrecogida cómo aquel papel se retorcía en el fuego, produciendo una humarada negra y ondulante.

–¿Por qué has quemado la carta? –pregunté desconcertada.

Ella me miró, y parecía venir de muy lejos cuando exclamó con tristeza:

–Qué importa ya.

–¡Pero era la carta de Faustino! –protesté.

La tía Juanita me miró sorprendida, como si hubiese dicho una tontería.

–¿De Faustino? ¡Qué va! Esa carta la había escrito yo.

Me quedé patidifusa.

–¿Tú?

–Pues claro. A ver si te crees que ese tal Faustino iba a escribir una carta tan bonita.

–¿Pero quién es Faustino?

–Ah, no lo sé. Me gustó el nombre y firmé así. ¿A que es bonito?

–Sí...

–Y menudas cosas escribe. Ya era hora de que recibiese una carta como Dios manda, Paloma, que los chicos de hoy en día no saben poner una palabra detrás de otra. Mira que recibo cartas de admiradores, pero es que son todas muy sosas. Como la de él, ninguna. Porque Faustino es... es... era... otra cosa.

Entonces, su semblante cambió y miró al fuego, donde ya ni siquiera quedaban los restos de humo de aquella carta tantas veces leída.

–Pero tal vez tenga razón el señor X y sea mejor acabar con esta tontería. Y eso que a mis hermanas les divertía mucho el juego, y yo ya ponía unos ojos de enamorada la mar de conseguidos. Pensaba escribirme alguna más, pero ahora ya para qué.

Su voz sonó trémula y el fuego tembló en sus pupilas completamente desencantadas. Yo sentí mucha lástima y también mucha rabia, y volví a alzar el puño vengativa. ¡Qué le importaban a aquel señor X las fantasías de la tía Juanita!

Pero mucho peor era lo de mamá Leo, que en esos días había envejecido una barbaridad. Ya no salía, estaba siempre sentada en la butaca con la vista fija

en los cristales, donde se sucedían la lluvia y el sol, la noche y sus polillas. La tía Azucena le decía que no se pusiera así de tontona, que en menos que canta un gallo el barco volvería a emprender ruta, y esta vez hacia Groenlandia.

–¿O no ha querido usted siempre conocer Groenlandia, doña Leonor?

Pero mamá Leo no levantaba la cabeza ni se le iluminaban los ojos. Una tarde, perdida en sus ensoñaciones, murmuró:

–Ya me decía mi Leocadio que yo nunca haría un crucero.

Todos nos sobrecogimos, y al señor Aguado, nuestro notario, tan sensible desde el cambio de voz del tren de Orense, le tembló la barbilla y se le escaparon algunas lágrimas monóculo abajo. Hasta los canadienses, que parecían no enterarse de nada, estaban como apagados y ya no corrían a coger el teléfono.

Todo parecía haberse transformado en el hotel. Incluso dejé de sentir aquel aire y aquella presencia dulce que era mi padre, y me sentí de nuevo completamente abandonada.

Todas nuestras ilusiones se esfumaban como el humo del que estaban hechos los bisabuelos.

Una noche, hundí la cabeza en la almohada y lloré por mi padre muerto y por aquel nuevo mundo que estaba desvaneciéndose ante mis ojos. Y entonces, muy bajito y muy cerca, escuché:

No llores, no, que la vida es muy breve.
Todo se pasa como una sombra leve,
ea que se vá...
Duérmete né que les xanes del río
vienen por ti y márchense contigo...

Era el tío Manolo cantándome al oído.

Le sonreí. Él me dio un beso y yo pensé que era bueno tener una familia como aquella.

–Me da mucha pena que nos tengamos que separar –le dije.

–Eso no va a ocurrir –me susurró el tío Manolo–. Ya lo verás. Tu abuelo Aquilino ha convocado mañana una reunión familiar para conseguir darle la vuelta a ese maldito informe.

Y con estas palabras de ánimo, caí dulcemente en el sueño.

14
LA REUNIÓN

ESTÁBAMOS EN EL COMEDOR la familia al completo
–forense, notario, mamá Leo y canadienses incluidos–. El abuelo Aquilino comenzó detallando la situación económica y otros aspectos aburridos, para
terminar con las circunstancias que habían llevado
al implacable señor X a elaborar un informe negativo. Iba de un lado a otro de la habitación, enroscán-
dose los bigotes, mientras dieciocho pares de ojos le
seguían expectantes.

–Así pues, para cambiar el signo del informe, nada
de canciones, nada de fantasías. Ya hemos visto que
las fantasías no le gustan al señor X –decía–. Debemos conseguir que piense que este hotel puede darnos montoneras de dinero y que somos de una serie-
dad intachable, lo cual no deja de ser otra fantasía.
Como el gorrión –a veces, entre nosotros, le llamá-
bamos así– sigue alojado en el hotel, aún estamos a
tiempo de hacerle cambiar de opinión.

Y entonces el tío Florencio, que era el más bruto de la familia, gritó:

–¡A ese *déjolu* yo sin bigote, sin dientes y sin ganas de hacer el informe de un guantazo!

Y se dispuso a subir a las habitaciones para cumplir sus amenazas. Entre los tíos Manolo, Servando y Azucena pudieron pararlo y lo sentaron en el sillón del señor Aguado, que estaba de pie, junto a la chimenea, encogido de hombros, con el monóculo y el pañuelo en las manos y aquella pena que parecía salírsele hasta por los bolsillos.

Desde el sofá, con sus ojos sin ilusiones, la joven Juanita y la vieja mamá Leo miraban el espectáculo sin inmutarse.

El abuelo Aquilino alzó un poco la voz para poner orden.

–Pero, Florencio, hijo, esa no es la mejor manera de hacer las cosas. La fuerza bruta se vuelve contra uno y empeora el problema. Hay que buscar soluciones definitivas.

Entonces alguien dijo:

–¿Y si eliminamos al gorrión? Muerto el perro, se acabó la rabia.

A todos nos pareció una idea definitiva, sí, pero un tanto exagerada. Aun así la discutimos un poco, por no ofender.

–El veneno podría servir –dijo para disimular la tía Jacinta, que cocinaba muy bien y cantaba muy

mal para ser de la familia–. María nos puede dar algo de la farmacia, y con un buen guiso nadie distingue el sabor del cianuro del de una ciruela.

–¡Ca! –gruñó el tío Florencio, todavía exaltado–. Yo puedo *matalu* a garrotazos.

–¡Anda que no *zois* brutos en el norte! –exclamó el forense echándose las manos a la cabeza–. ¡Y luego *zoy* yo el que tengo que *ezaminar* el cadáver! ¡Ni hablar!

–Además, a ver si se va a transformar en fantasma y le hace la vida imposible a los bisabuelos –zanjó el tío Servando.

Todos nos quedamos callados un rato. Los canadienses nos miraban y sonreían, pero ya no era igual que antes. Estaban tan tristes como el que más.

Al fin, la tía Rosa propuso:

–¿Y si convencemos a la gente del pueblo para que vengan a hospedarse y nos comportamos con mucha cordura y corrección?

–¡Siempre somos correctos! –protestó alguien.

–¡Pero el señor X conoce a la mitad del pueblo y no tragará! –dijo mi madre.

–¡Pues que venga la otra mitad! –propuso la tía Amalia.

–¡Y que se disfracen, por si acaso!

Pero era una idea un tanto descabellada y difícil de ejecutar. Todos permanecimos en silencio un rato, haciéndonos preguntas. Entonces la tía Azucena, que llevaba días sin ponerse nada en la cabeza pero que no

por eso dejaba de ser la que más mandaba, se levantó de un salto y sacó esa sonrisa tan suya que ocultaba siempre una gran idea.

–¡Ya lo tengo! Tenemos que conseguir que venga a hospedarse alguien con mucha categoría, una duquesa o una millonaria. Mejor: una duquesa millonaria.

–¿Y de dónde sacamos una duquesa millonaria? –preguntó el tío Manolo.

–Alguna encontraremos.

–¿Nadie conoce una duquesa millonaria?

Nos pusimos a pensar.

Y así estábamos cuando el señor X entró en el comedor con el informe en la mano. Llevaba un paso muy diferente al de otros días, más lento y pesado,

y arrastraba su maletín. Agitó el informe en el aire y todos palidecimos.

–Es hora de abandonarlos, señores. El informe está concluido y...

–Pero no puede irse usted ahora, señor X –le cortó el abuelo Aquilino, poniendo la voz más mojigata que pueda tener un domador de leones–. No puede irse justo ahora que... que...

Se puso colorado como sus calcetines, se aturulló y no supo continuar. La tía Azucena salió en su ayuda.

–... que viene la duquesa a hospedarse aquí, como cada año.

–Es tan fina, tan distinguida... Debería ver sus vestidos de oro, sus brocados, sus sedosos cabellos y su

manera elegante y discreta de hablar –continuó la tía Rosa.

–¿Qui... quieren que me quede? –preguntó el señor metomentodo pestañeando muchísimo.

–Pues claro, quédese. Le encantará conocerla –contestó la tía Azucena, cogiéndole del brazo con mucho afecto.

El señor X sonrió alelado, casi diría que complacido, y se dejó llevar hasta el sofá. Una vez allí carraspeó, y entonces resurgió el gorrión que llevaba dentro: se agitó inquieto, pestañeó y retomó sus saltitos y sus maneras antipáticas.

–Duquesa, ¿eh? ¿Dónde está esa duquesa, a ver?

Y ya es casualidad que en ese momento la puerta de entrada del hotel se abriese como un aluvión y apareciese allí, en el umbral, con su enorme figura recortada contra la luz de la tarde, su sobretodo azul, sus anchas espaldas, su pelo corto y su cara un poco bruta: ¡la farmacéutica!

Entonces el abuelo, entre asustado y esperanzado, gritó saliéndole un gallo:

–¡Aquí la tiene, señor X! ¡Aquí la tiene! ¡La duquesa!

La señora María nos miró con estupor, frunció el ceño y se cruzó de brazos.

–¿Esto qué *ye,* ho? –preguntó, sin comprender, con su voz de cazallera.

Y todos miramos al techo, encomendándonos a todos los santos.

15
LA DUQUESA

DETRÁS DE LA FARMACÉUTICA venía mi amigo Goyo, pero no lo pudimos ver hasta que se asomó por el costado de su madre.

–¡Goyo, vete a buscar el equipaje de la condesa! –gritó el tío Servando.

–Duquesa –le corrigió alguien.

–¡Gran duquesa! –exclamó la tía Rosa, exaltada.

Y la duquesa, o sea, la farmacéutica, cada vez tenía los ojos más grandes y las mejillas más coloradas.

–¡¿Duquesa?! ¡¿Duquesa?! –rezongaba el señor X, sin acabar de creérselo.

Pero nadie le hizo caso, porque todos se entusiasmaron de golpe con la idea de hacer de la farmacéutica una duquesa, y ya corrían como locos de un lado para otro diciendo *señora-duquesa-por-aquí, señora-duquesa-por-allá*, y la farmacéutica, cada vez más atolondrada, se dejaba hacer.

Mis hermanos se cruzaban entre las piernas de los mayores, sobreexcitados y colorados como salmone-

tes. Solo mamá Leo, Juanita y el notario miraban los acontecimientos con los ojos apagados.

–¡Rosa, ve a prepararle su suite a la duquesa! –ordenó la tía Azucena, que con el entusiasmo se había enroscado la pantalla de una de las lámparas del comedor en la cabeza.

El señor X la miraba pasmado.

–¡Huy! –dijo la tía Azucena, dándose cuenta y poniéndose colorada–. ¡Es la costumbre!

Dejó la pantalla en su sitio y siguió dando órdenes y animando a la señora duquesa.

–¡Paloma, acompaña al señor X de nuevo a su habitación! ¡Duquesa, venga por aquí y descanse del largo viaje!

Al fin, la farmacéutica se hartó de tanto tirón de manga y de tanta duquesa y gritó:

–¡Basta! ¡Bastaaa!

Sus brazos se movieron como las aspas de un gigantesco molino y golpearon el sobretodo azul, levantando dos nubes de polvo. Se hizo un tenso silencio y, entonces, María la de los botes nos contempló desafiante:

–¿Es que *nun* sabéis lo que yo quiero?

Nos miramos de reojo, conteniendo el aliento, acobardados por aquella mujerona que en nada se parecía a una duquesa y que podía mandar al traste nuestros planes con una sola frase.

–¿Qué? –preguntó el abuelo con un hilo de voz, tembloroso como las asas de su bigote.

–¡Una fiesta de bienvenida, *cagüen*! –dijo la farmacéutica, colorada a más no poder.

Todos aplaudieron, olvidado ya el motivo de la comedia y entregados a ella con fervor.

El señor X fue a decir algo, amoscado y poniendo los ojos en blanco, pero la tía Azucena le atajó de inmediato:

–Por supuesto, será una fiesta de la categoría que se merece la duquesa y en honor a otro de nuestros no menos ilustres huéspedes: el señor X.

Y aquí el metomentodo sonrió halagado, el muy simple.

16

MARIE CECEREU

ACOMPAÑÉ AL SEÑOR X de vuelta a su habitación, llevándole la maleta. Él trató de hacerse el simpático conmigo en un par de ocasiones, pero yo miré a otro lado y se fastidió.

–Ya sé que no te caigo muy bien, pequeña mocosa –dijo cuando llegamos a la habitación–. Pero yo soy un hombre de ley, que cumple escrupulosamente con su trabajo. No creo en fantasmas ni en cartas absurdas ni en viajes imaginarios. Y a mí no me la dais con queso fácilmente.

Me dolieron tanto sus palabras que no me pude contener.

–¡Pues si no le gustamos, márchese de una vez!

Se quedó lívido y le tembló el bigotillo.

–¡Pero si esta noche hay una fiesta de bienvenida! –murmuró, repentinamente acongojado.

Y había que verle con los hombros caídos y aquellos guantes y el ridículo bigote. Casi me dio pena, pero me sobrepuse.

–¡Y a usted qué le importan las fiestas! ¡Qué le importan los demás!

Vi que el señor X agrandaba los ojos, pero yo ya no podía parar. Tenía que decirle a aquel tipejo todo lo que pensaba de él. A veces me pasan estas cosas. Es como si alguien agitara mi cabeza. Como si yo fuera una botella llena de sifón a punto de explotar. Y si no lo suelto, reviento y ya está. Eso es lo que pasó. No me siento orgullosa, pero fue así. Grité:

–¡No le importa nadie, nadie! ¡Solo su trabajo! ¿Y sabe qué? No le invitamos a la fiesta porque nos caiga bien. Solo lo hacemos por el informe. ¡A usted no hay quien lo aguante!

Sí, eso fue lo que dije. Un verdadero desastre.

Le miré con terror, asustada por mi propio arrojo y por haber desvelado la farsa.

Él parecía espantado, colérico, pero entonces su semblante cambió. Se dejó caer en la cama, completamente abatido, y extravió la mirada en los baldosines del suelo.

–Eso es lo que pensáis todos –murmuró–. Que no hay quien me aguante.

Atónita, vi cómo se le llenaban los ojos de lágrimas, y su nuez y su bigote y sus dedos enguantados se agitaron temblorosos.

–Yo intento ser simpático, pero no me sale. Os veo a todos vosotros, en familia, y os resulta tan fácil ser agradables...

Aquí levantó los ojos hacia mí y mostró un gesto agrio, como si le repugnara la imagen de mi familia unida y feliz.

–Pero yo no siempre estuve solo, no. ¡Una vez tuve una novia!

Levantó el mentón con orgullo y estuvo un rato expectante, analizando mi reacción ante aquella insólita confidencia. Inmediatamente, sus hombros se le hundieron de nuevo. Bajó los ojos y lloriqueó.

–Al final, ella comprendió que yo no la merecía y me dejó. ¡Marie Cecereu me dejó! ¡Ella ha sido lo único bueno que me ha pasado en la vida! Era dulce como una *crème brûlée*. Es que era francesa, ¿sabes? *Mon petit amour.* ¿Por qué crees que llevo guantes desde entonces? Para que mis manos no pierdan la huella de la última vez que ella las tocó. ¡Hace siete años de eso! Desde entonces estoy solo, trabajando, amasando una fortuna... ¿Y para qué? Para seguir solo.

Se levantó y se puso a dar vueltas por la habitación con un paso extrañamente largo y pesado en él. Yo no salía de mi estupor, conmovida por su sorprendente revelación.

–Yo nunca tuve familia –continuó–. Crecí solo y he vivido siempre solo, sin que nadie me aceptase ni me comprendiese. Solo aquellos días con Marie Cecereu. Pero por un momento, hace un rato, en el comedor, sentí que era aceptado por vosotros y me imaginé que mi soledad era un espejismo, que habíais compren-

dido que yo, en el fondo, soy como cualquiera, que me gusta estar con la gente y que me hagan caso. ¿Te crees que no sé que la duquesa es la farmacéutica? ¡Tengo piedras en el riñón, úlceras, ardor de estómago y calambres! ¡Voy muy a menudo a la farmacia! ¡Pero ya lo has estropeado todo! ¡Ya no me queda ni la ilusión de pensar que por un rato deseáis mi compañía!

Un nudo se formó en mi garganta.

El señor X era exactamente igual a los miembros de mi familia. Se agarraba a la fantasía como la tía Juanita a sus cartas o mamá Leo a sus cruceros por el norte. Me sentí muy mal por haberle soltado todo aquello y quise arreglar las cosas.

–A lo mejor si cambia el informe y trata de ser un poco más simpático... –me atreví a decir.

El señor X me miró con los ojos desorbitados. Arrojó un vendaval por los agujeros de su pequeña nariz y apretó los puños.

–¡Ah, pequeña mocosa, es eso! ¡Queréis sobornarme y os caigo como una patada en el culo!, ¿no es así?

Y sí, la verdad es que era exactamente así. Eso yo no podía negarlo.

El señor X retomó su paso inquieto, a saltos, arrojándome de cuando en cuando miradas furibundas. Había recuperado su rostro antipático y me señalaba con su dedo enguantado.

–¡Tú lo has conseguido! ¡Volveré a mi agujero solitario! ¡Abandonaré el hotel, sí, este hotel tan asque-

rosamente animado y lleno de gente en el que empezaba a encontrarme a gusto! ¡Me iré y entregaré el informe negativo sin más dilación! ¡Adiós, pequeña mocosa!

Con ímpetu, recuperó las maletas y los papeles que había guardado en un cajón y se quedó en medio del cuarto, mirándome con rencor. Sentí rabia y culpa, y otra vez mi cabeza como un sifón agitado. Ya no había vuelta atrás. Nos quedaríamos sin el hotel por mi culpa. Qué digo, por culpa de ese bárbaro que encima pretendía darme pena. Exploté:

–¡Eres un malvado, no tienes escrúpulos! ¡Pretendes acabar con la felicidad de nuestra familia solo porque tú no encuentras la tuya! ¡No quieres que te rompan las ilusiones y tú rompes las de los demás! Nosotros no hacemos mal a nadie con nuestras cosas.

Las lágrimas arrasaban mis ojos. Di un portazo y corrí al patio trasero a ocultarme. Me balanceé en el columpio oxidado, y el viento y la luz y las lágrimas me cegaron. Las nubes se agolpaban negras y deseé que lloviera con rabia y que esa lluvia se lo llevara todo.

Entonces sentí que alguien se columpiaba a mi lado, y allí estaba Goyo.

Me miró con sus ojos grises o marrones. Sonrió sin decir nada, para hacerme entender que respetaba mi llanto. Los columpios chirriaban.

Al fin, le confesé todo lo que había sucedido. Las horribles cosas que nos habíamos dicho el señor X y yo, y cómo había estropeado la única posibilidad de que el hotel siguiera siendo de la familia.

Él escuchó mi relato atentamente y, cuando terminé de contarlo, me tomó de la mano. Estuvimos un rato callados, sin saber qué decir.

–¡Lo he echado todo a perder! –lloriqueé.

–Creo que se lo tienes que contar a los demás –dijo Goyo, apretándome con fuerza la mano.

Asentí. Era terrible, pero mi amigo tenía razón: debía enfrentarme a ello.

Nos bajamos de los columpios y entramos en la casa. Me alegré de que Goyo viniera conmigo. Su mano me daba fuerza.

La tarde azul nos rodeaba.

Y había un silencio lleno de pájaros. De oscuridades.

17
LA FIESTA

CUANDO LLEGAMOS, la fiesta ya había empezado.

Había arroz con leche y *casadielles,* que son una especie de empanadillas dulces, y sidra a raudales y mucho alboroto. El tío Florencio, que es bruto como un arado pero que escancia muy bien, iba de un lado a otro, con el brazo en alto, dejando caer el chorro luminoso de la sidra que llenaba todo de olor a manzanas fermentadas. Habían puesto barreños aquí y allá, y también serrín por el suelo para absorber la humedad.

La farmacéutica, a la que habían vestido con un traje de gala de mamá Leo, estaba muy tiesa en el sillón del señor notario. Daba gusto verla allí, embutida en aquel traje que le quedaba pequeño, con las mejillas más coloradas que nunca, tratando de hacerse la fina.

–Pásame un culín, Manolete –decía, y enseguida se retractaba–. Quiero decir, un traserín, un *panderu...* un poquitín de sidra.

Y cuando le llegaba el vaso, bebía extendiendo el meñique.

Todos parecían muy contentos. El abuelo Aquilino sonreía ufano, mostrando su abultada barriga y alisándose los bigotes. Goyo y yo nos miramos. Me sentí incapaz de romper aquella atmósfera de alegría. Desde la llegada del señor X, no se había visto en el hotel una animación semejante. Hasta mamá Leo se había pintado los labios.

—Mejor les dejo disfrutar un rato —le dije a mi amigo.

Él estuvo de acuerdo.

—¡Otro *panderu*! —gritó la duquesa, colorada hasta las orejas.

El tío Manolo, como es natural, no pudo resistirse y cantó aquello de: *Siga el panderu tocando, siga el tambor. Ahora sale a bailar un amigu que yo tengo...*

Aún estaba la voz de Manolín vibrando en el aire cuando el forense gritó:

—¡¿Pero *uztede zaben* qué *ez* una canción de verdad?! ¡Pues ahora lo van a ver!

Y soltó unas alegrías con mucho sentimiento. La tía Rosa zapateaba y todos daban palmas. Incluso Goyo y yo.

Los asturianos en general somos muy malos dando palmas, pero en Canadá sí que saben hacerlo. Al menos nuestros canadienses se arrancaron con un dúo de palmeros que cualquiera diría que habían nacido en Jerez de la Frontera o en Alcalá de los Gazules en

lugar de en Ottawa, que es, como sabes, la capital de Canadá.

Un brillo destellaba en las pupilas de mamá Leo, y a la tía Juanita, sentada junto a ella, se le escapaba la sonrisa. Mis hermanos bailaban entre las piernas de la tía Rosa y a veces correteaban a cuatro patas y ladraban, y al abuelo se le ponían los bigotes nostálgicos con los ladridos.

Lo estábamos pasando tan bien que a Goyo y a mí se nos olvidó la existencia del señor X y la mala noticia de su huida por mi culpa. A la duquesa, o sea, la madre de mi amigo, con tanto culín, se le habían subido los ánimos y bailaba con mucho desparpajo, tratando de imitar a la tía Rosa. Las carnes que sobresalían de las costuras de su vestido se agitaban como un pudin y los coloretes redondos de su cara parecían los faros traseros de una furgoneta. Mi madre y los tíos, con servilletas en las cabezas, vitoreaban a la duquesa. Los canadienses también se habían puesto servilletas en las coronillas y contemplaban el espectáculo muy sonrientes.

Entonces, la tía Azucena arrugó el entrecejo y preguntó:

–¿Dónde está el señor X?

Se hizo un silencio y todos se quedaron como congelados en su sitio.

Goyo y yo tragamos saliva. Había llegado el momento de contar la verdad.

Así pues, carraspeé y todos me miraron.

–Parece que Paloma tiene algo que decirnos –dijo mi madre.

Me rodearon y yo, colorada y tartamudeando, les conté lo mejor que pude la conversación que había tenido con el ladrón de guante blanco y su decisión de entregar el informe ya mismo.

Al unísono, nuestros ojos se desviaron hacia la ventana, apenados, y allí, recortada por el marco de madera y la oscuridad de la noche, vimos la figura esmirriada del señor X alejarse del hotel, a saltitos.

La tía Azucena fue la primera en quitarse la servilleta de la cabeza, consternada.

18
FILA INDIA

EL ABUELO AQUILINO encendió la chimenea y todos nos dejamos caer en los sofás. Empezó a llover. El agua golpeaba los cristales y el silencio angustiado del comedor. Creí que de un momento a otro me iban a regañar por bocazas, pero las preocupaciones de la familia iban por otros derroteros. La tía Violeta, la más amedrentada y sensible de las tías, habló por todos:

–¡Pobre señor X! ¡Mira que no darnos cuenta de su soledad!

–¿Y el detalle de los guantes blancos? ¿No es muy romántico el detalle de los guantes blancos? –dijo exaltada la tía Juanita.

Hasta mamá Leo exclamó:

–¡Pobre muchacho!

El abuelo Aquilino, que era el único que permanecía en pie, golpeó el suelo varias veces con el bastón, contrariado:

–¡Imperdonable, es imperdonable no habernos dado cuenta!

Así es mi familia. En lugar de pensar en la que se le venía encima, se preocupaba por el antipático ladrón de ilusiones.

–¡Esto hay que arreglarlo! –dijo de pronto la tía Azucena, levantándose del sofá–. ¡Pues buenos somos nosotros! ¡Esto hay que arreglarlo!

Y se pusieron a discutir la forma de hacerlo. No te voy a contar las ideas peregrinas que surgieron. Incluso la farmacéutica, entusiasmada con su papel de duquesa, se ofreció voluntaria para hacerse pasar por Marie Cecereu. Al final, se convino en que iríamos a buscar al señor X a su oficina todos juntos, para disculparnos por no haberle sabido comprender e invitarle a comer al hotel. De la proposición de la farmacéutica, ni hablamos.

–¿Y no será exagerado que vayamos los veintiuno?

(Si nos cuentas, verás como éramos veintiuno).

–¡Veintidós! –gritó el abuelo–. ¡El perro Nicanor también viene!

Y así, al día siguiente, todos vestidos muy elegantes y en fila india, salimos del hotel en dirección al banco. Había que vernos; qué buen aspecto teníamos. Incluso mamá Leo y Juanita y el notario dejaron atrás sus penas para acometer esta misión especial. La gente nos saludaba al pasar y nosotros levantábamos la mano o movíamos la cabeza con una gravedad que

nos daba mucho empaque. Pero yo no podía evitar pensar en qué pasaría después.

–¿Qué va a ser de nosotros? –le pregunté a mi madre–. ¿Qué va a pasar cuando el abuelo venda el hotel?

–Bueno, eso ya lo discutiremos –dijo ella, tan de la familia como la que más–. Lo primero es lo primero.

Llegamos al banco y todos los empleados levantaron las cejas a la vez, sorprendidos. Éramos una multitud, no había duda, encabezada por el abuelo Aquilino, la tía Azucena y la farmacéutica, que a codazos se había hecho sitio en primera fila.

El abuelo carraspeó muy educado y, dejando caer las gafas de pinza al borde de su nariz, preguntó hincándose en el bastón:

–¿El señor X, por favor?

Una empleada, con los ojos desorbitados, nos señaló una puerta.

–Ese es su despacho. Pero si es por algún asunto del banco, yo puedo atenderlos.

No sé si temía que atentáramos contra el señor X por el informe dichoso o si realmente tenía deseo de ocuparse de veintidós clientes de un solo tacazo. Su rostro se distorsionó un poco más cuando el abuelo le confesó:

–Oh, no. Es personal. Somos sus amigos.

–¿Todos?

–Todos.

–¡Pues yo creí que no tenía amigos! –dijo ella un poco fatua.

–¡Pues los tiene, chúpate esa! –exclamó el tío Florencio, que a veces es mejor no llevarle a los sitios.

El abuelo nos miró a todos con severidad y ordenó silencio. Después se adelantó hacia la puerta del despacho y golpeó dos veces.

–¡Adelante! –escuchamos. Y era la voz del gorrión amortiguada por la puerta.

El abuelo Aquilino abrió. Con el ímpetu, los bigotes se le agitaron. Los peinó y, mirándonos de aquella manera que venía a significar «¡Alehop!», nos metimos todos en el despacho, y eso que era pequeño.

Tardamos en encontrar cada cual un sitio y hubo empellones, pisotones y hasta tirones de pelo, pero nos recompusimos.

Al principio, nos costó verlo. El señor X estaba agazapado detrás del escritorio, tiritando de miedo. No tenía muy claro cuál era el motivo de la visita y si veníamos en son de paz o de guerra, como los indios aquellos de las Américas.

Había que verle, tan esmirriado y encogido, el pobre.

19
LA INVITACIÓN

–¡SEÑOR X! –comenzó el abuelo, hablando muy alto y con muy buena dicción–. Hemos venido todos a verle para decirle que... que...

Se puso nervioso y empezó a mirar a todos lados buscando ayuda. El señor X estaba lívido, sudaba y tragaba montoneras de saliva. Yo le veía la nuez y el bigotillo ridículos subir y bajar, y me daba pena, y también un poco de risa.

–Que sentimos no haberle demostrado nuestra calidez, nuestra amistad –completó el notario. Y se notaba en su forma de hablar que tenía estudios.

–Hemos venido para invitarle a comer –añadió la tía Azucena.

El señor X levantó el cuello como un avestruz y lo hundió entre los hombros, completamente desconcertado. Nos miró de refilón y achicó los ojos.

–¡Pero si ya he entregado el informe! –dijo, receloso.

–¿Y...?

–Que no lo pienso modificar aunque me hagan la pelota.

–¡Pero, alma de cántaro –exclamó el abuelo levantando ambas manos y los ojos al cielo–, si esto no tiene nada que ver con el informe! Lo hacemos porque queremos.

–Porque nos cae simpático –dijo alguien, exagerando un poco.

–¿Les caigo simpático? –preguntó pasmado el pobre señor X.

–¡De maravilla! –exclamó Rosa, que enseguida se entusiasma.

Y todos mentimos un poco.

–¡Oh, realmente bien!

–¡Fantástico!

–Es el que mejor nos cae de todos –afirmó en un arrebato el tío Manolo.

–Tampoco hay que *ezagerah*, que parece *uzté andalú* –le reprendió el forense.

–Bueno, los canadienses nos caen mejor –se corrigió Manolo.

–Me recuerdas a mi nieto –dijo mamá Leo sonriendo con dulzura.

–¿Pero tiene usted nietos, doña Leonor? –preguntó la tía Juanita, sorprendida.

–Qué va.

–¡¿Entonces qué?! –gritó el abuelo con su voz de domador, y todos nos callamos intimidados–. ¿Vas a venir a comer o no?

–¡Bueno! –dijo el señor X.

Y después, erre que erre:

–Pero el informe no lo cambio.

–¡Entonces, hasta las dos!

El abuelo Aquilino dio la orden y nos dispusimos a salir de aquel diminuto despacho. Los que estaban más cerca de la puerta eran el notario y el forense.

–¡Por favor, usted delante! –dijo el señor Aguado, tan educado como siempre.

–¡No, por favor! ¡Usted primero! –le animó Currito, cortés como el que más.

–¡No, no! ¡Yo detrás de usted!

–¡Ni hablar! ¡Usted delante!

Y así estuvieron un buen rato mientras el aire del despacho se espesaba y el calor nos hacía sudar a chorros. Podían pasarse horas así, bien lo sabíamos, porque alguna vez se habían sentado en las escaleras del hotel sin haber llegado a entrar.

La farmacéutica, que era buena a rabiar pero que paciencia tenía poca, se abrió paso a empujones y, al llegar a la puerta, gritó:

–¡Aquí la primera *ye* una servidora, que *pa algu* fue duquesa!

Y salió.

Detrás fuimos todos.

20
EL DE ORENSE

HABÍA QUE RECONOCER que se respiraba cierto nerviosismo en el ambiente. Nos habíamos pasado toda la mañana preparando la comida. Mis hermanos, Goyo y yo pusimos la mesa del comedor como si fuera domingo y hasta el notario nos dio la paga. Hacía sol y la luz entraba a raudales por la ventana.

–¿Y si nos cae gordo? –preguntó la tía Juanita, que en el fondo tenía un poco atragantado al señor X.

–Bueno, bueno, habrá que contenerse. Debemos darle otra oportunidad –el abuelo Aquilino trataba de ser sensato.

–¿Y si a Nicanor le da por ladrarle como un loco? –preguntó la tía Azucena con mucha guasa.

El abuelo se puso a silbar ignorándola.

Al fin, todo estuvo listo y nos sentamos a esperar. El tío Manolo punteaba el suelo con un pie, nervioso, y también el forense, pero a un ritmo más flamenco.

Entonces sonó el teléfono.

Todos nos miramos. Hasta los canadienses. Y antes de que pudiéramos reaccionar, se lanzaron a cogerlo. Por aquellos días todavía seguíamos preguntándonos por qué los canadienses se afanaban tanto en responder al teléfono. Cuando supimos su secreto, lo comprendimos.

El que había cogido el auricular escuchaba muy atento. Después, tapándolo con una mano, dijo:

–Es para el de Orense.

Nos miramos tratando de buscar al que era de Orense, pero solo vimos al notario echarse a llorar. El abuelo se dio un golpetazo en la cabeza con la mano y exclamó:

–Pero si seré olvidadizo... ¡Ahora vengo!

Entonces, alguien dijo:

–El forense, es para el forense.

Y todos:

–¡Aaah!

Y Currito:

–¿Para mí? ¿Zerá por mi *trazlado*?

Ansioso, pero sin perder las maneras, cogió el teléfono, se ajustó la corbata, hizo un par de gorgoritos y dijo con mucha notoriedad:

–¿Zí?

Todos tratábamos de entender qué decía aquel alambre de voz que bisbiseaba al otro lado del teléfono. Currito, cada vez más circunspecto, asentía.

–¡*Zí*!... ¡Ajá!... ¡*Ezo eh*!... ¡*Zí*!... ¡No!... ¡*Zí*!... ¡Ya!...
¡Ajá!...¡*Zí, zí*!...¡*Graciah*!...¡*Buenoz díah*!

Y colgó con la cara sonriente.

–¿Qué? –preguntamos.

–¡Me han dado el *trazlado* a *Cái*!

Todos aplaudimos y le vitoreamos.

De reojo vi cómo el tío Manolo trataba de sonreír
y no le salía.

21
La comida

Al fin sonó el timbre y corrimos a abrir. Tratamos de portarnos con mucha corrección. El señor X venía repeinado, con el bigote brillante. Sujetaba con los dedos índice y pulgar, bien enguantados, las cintas que ataban un paquetito.

Nos pusimos de nuevo en fila india y le fuimos dando dos besos por turnos. Cuando le tocó a la farmacéutica, el señor X se puso colorado hasta las orejas y gritó:

–¡Bueno, ya está bien! ¡Basta de formalidades! ¿Dónde dejo los milhojas?

Seguía sujetando con los dos dedos el paquete y estaba tieso como una estaca. Alguien, creo que la tía Amalia, se llevó los pasteles y nos sentamos todos a la mesa. Con tantas idas y venidas, mamá Leo estaba un poco desconcertada, pero sonreía y se había puesto colorete y hasta sombra de ojos.

Comimos con mucha formalidad, y ni Currito ni el tío Manolo cantaron una estrofa. No sé por qué

salió a relucir la historia del señor Aguado y el tren de Orense. Con tanto lío, lo habíamos olvidado todos menos el abuelo. El señor X escuchaba atentamente, y se enjugó los ojos con sus guantes blancos, a escondidas, pero todos le vimos. Es posible que el amor del notario y Marineli le recordase a Marie Cecereu. También la tía Juanita observó este enternecimiento del gorrión y trató de probar suerte.

–¡Hoy he recibido una carta! –dijo con la voz un poco aguda.

«Ji, ji, ji», la risa del señor X llenó el comedor y la tía Juanita se enfurruñó. Todos miramos contrariados al metomentodo. Él pidió perdón, pero no podía dejar de reírse y la farmacéutica, la muy bruta, se contagió y ahogó también una risita.

Terminamos de comer en silencio, un poco enfadados.

Cuando llegamos a los postres, el abuelo golpeó su copa con la cuchara varias veces.

–¡Atención, atención todos! Tengo un regalo para el señor Aguado. Con el jaleo del... ejem... informe...

–Que no lo cambio –rabió el señor X.

El abuelo le ignoró:

–... pues se me había olvidado. He hecho unas gestiones y... bueno, aquí tiene, señor Aguado.

Le entregó un paquete pequeño, que el notario, muy grave, se dispuso a abrir. Le temblaban un poco las manos, porque creo que intuía, como todos nosotros, de qué se trataba. En efecto, era una cinta magnetofónica, que es una cinta para grabar sonidos. En

una de su caras había escrito: «Grabaciones horarios trenes por Marineli González». El notario, de la impresión, se cayó de la silla. Se recompuso. Sus ojos de salmonete se habían enrojecido. Sacó con mucho cuidado el pañuelo del bolsillo y se secó los lagrimales.

–Es... es... el anuncio de la salida del tren de Orense –acertó a decir.

–Y de los otros trenes. Todos grabados por su Marineli, señor Aguado –informó orgulloso el abuelo Aquilino–. Me ha costado conseguirlo. He tenido que hacer muchas gestiones, pero, al fin, ahí lo tiene usted.

Todos aplaudimos emocionados. Hasta el señor X, que no pudo evitar dar dos o tres palmadas. El notario cabeceaba satisfecho dando las gracias a unos y a otros y se guardó la cinta en el bolsillo izquierdo, junto a su corazón y su pañuelo.

Con tanta emoción, no fue posible impedir que el tío Manolo cantase. Lo hizo con los ojos cerrados y la frente fruncida, y se veía que el canto aquel le salía del corazón.

Como la flor que el aire la lleva,
vien el mi amor rondando a tu puerta.
Como la flor que el aire lu lleva,
vien el Señor del cielo a la tierra.
Y en su voz te llama a tu puerta.
Vien el Señor del cielo a la tierra.
Como la flor está el mi amor.

Cuando terminó, todos miramos expectantes a Currito para oírle protestar y luego cantar, pero él estaba con los ojos sobre la mesa, como si en verdad aquella canción le hubiese emocionado lo mismo que una copla gitana. Todos, menos el señor X, nos pusimos la servilleta en la cabeza, porque aquel cantar nos había llegado muy adentro y nos gustaba. Entonces, alguien dijo:

–¿Y los milhojas?

El tío Servando corrió a la cocina. Tardó mucho en regresar y, cuando llegó, nos explicó:

–Nada, que los bisabuelos ya se los han comido.

El abuelo Aquilino le hizo gestos disimulados para que se limpiase la boca, porque la tenía llena de merengue. El señor X miró escamado al tío Servando. Para entretenerle y un poco por costumbre, la tía Rosa dijo:

–¿Y si bailamos un chiringüelo?

Pero no nos atrevimos.

La fiesta de despedida

Al final, la comida resultó un éxito.

De todos nosotros, había dos personas felices: el notario, con su cinta magnetofónica, y el forense, al que le habían dado su ansiado traslado a Cádiz. También el señor X parecía contento, porque se embarullaba con las palabras y no volvió a reírse de nadie. Cuando terminamos, la tía Azucena y la farmacéutica le acompañaron a la puerta.

–Ya sabe dónde tiene su casa –dijo la tía Azucena.

–¡Hasta que se venda! –gritó alguien, de malos modos, desde el comedor, y yo creo que fue el tío Florencio.

–Puede venir cuando quiera –completó la tía, ignorando a su hermano.

–¡Eso! –dijo la farmacéutica, entusiasmada, y le arreó un cachetazo en la espalda.

El señor X le tomó la palabra y cogió la costumbre de venir a comer con nosotros. Aquellos días, en

el interior de la casona se hacían muchos preparativos. La marcha del forense y el cierre del hotel no dejaban tregua a mi familia. Yo no entendía cómo no guardaban rencor al antipático del señor X.

–Él ha hecho su trabajo. No debemos mezclar –me dijo mi madre, resignada y bella.

–Pero sigue siendo un antipático –dije yo, que aún debía aprender mucho de mi familia.

–A los antipáticos también se les coge cariño –aseguró mi madre–. Y luego dan mucho juego en las familias. Además, el señor X está cambiando, y eso es lo más importante. Tu abuelo está muy orgulloso.

Y era verdad. Con cada visita, el señor X parecía menos un gorrión, ya no iba dando saltitos. Incluso dejó de pestañear y a veces se le escapaba una sonrisa. Tanto fue así que la tía Juanita se volvió a atrever a sacar un papel del bolsillo y a poner ojos de enamorada. El señor X no se rio, y todos nos sentimos reconfortados.

También mamá Leo empezó a maquillarse y a llegar tarde a comer. Aún no se animaba a vestirse de gala, pero un día dijo:

–Esta noche me he mareado un poco –y sonrió expectante.

–¡El perro Nicanor también empieza a sentir las corrientes! –señaló el abuelo Aquilino, mirando de reojo al señor X.

Y él, nada, ni se inmutó.

Los que ya no peleaban cantando eran el tío Manolo y Currito. Parecía como si el forense, desde que supo lo de su traslado, ya no necesitara cantar flamenco. Por respeto, el tío Manolo también callaba.

Los canadienses estaban a lo suyo sonriendo, y el notario, cuando terminábamos de comer, se levantaba muy circunspecto, nos miraba con sus ojos de salmonete y se encerraba en su cuarto. Durante horas, oíamos la salida de los trenes de Orense, de Villablinos, de Cangas... y había que reconocer que aquella Marineli tenía una voz hermosa y que, desde entonces, las tardes en el hotel se habían vuelto más dulces.

Pero nada de eso me quitaba a mí la tristeza por la venta del hotel. También el ángel que era mi padre aleteaba con más aflicción, y yo no sabía si iba a quedarse en la casona con los fantasmas o si podía seguir a mi familia allá donde fuéramos. El abuelo Aquilino nos tranquilizó diciéndonos que aún pasarían meses hasta que alguien se decidiera a comprarlo, y que quien lo comprase seguramente quisiera mantener el hotel.

–Y tal vez –dijo el abuelo– nos permita seguir llevando la gestión.

Con esa esperanza vivíamos.

A todo aquello había que sumarle la marcha de Currito, que aunque para él era un acontecimiento alegre, nos daba a todos mucha pena. Le hicimos una gran fiesta de despedida. Por supuesto, el señor X fue uno de los invitados.

No te voy a contar los detalles de la fiesta, solo que hubo mucha música y Currito y el tío Manolo cantaron como en los buenos tiempos.

La tía Rosa bailaba por alegrías que era un primor, y había que ver cómo se miraban a los ojos ella y el forense, justamente ahora que el andaluz tenía que marcharse.

Los canadienses, por su parte, estaban a lo suyo, palmea que te palmea, y el tío Florencio escanciaba sidra desde tan alto que el chorro cristalino rebotaba en el cristal del vaso sonando como los ángeles.

Con canciones lentas, la tía Juanita y mamá Leo bailaron juntas, y también la farmacéutica y el señor X. Había que verlos, ella tan grande y él tan canijo, ella tan colorada y él tan pálido, ella tan bruta y él

tan meticuloso, ella tan cándida y él tan antipático. Qué buena pareja hacían.

Al fin, Currito cogió las maletas y pidió un taxi. Le despedimos desde la puerta y él tuvo palabras amables para todos, incluido el perro Nicanor. El taxi dejó una nube de polvo y nos fuimos todos adentro, excepto Goyo y la farmacéutica, que regresaron a su casa. También el señor X, a saltitos y guiñando mucho los ojos, como antaño, se alejó por la plaza. Al poco, se detuvo y se dio la vuelta. Durante un rato contempló el anuncio de «Se vende» que el abuelo Aquilino había colgado de una de las ventanas. Y si no hubiera sido porque sabíamos que aquel era el señor X, habríamos pensado que algo conmovía su alma. Parece que fue entonces cuando al señor X se le ocurrió.

23
LA VENTA

EL ABUELO AQUILINO nos reunió a todos. Llevaba los bigotes caídos, y las gafas, y también sus brazos se desmayaban a lo largo del cuerpo.

–El hotel ya tiene comprador... –nos anunció.

Nadie diría que aquella voz había sido alguna vez una voz de domador de leones.

Nos miramos desolados. Los ojos de todos, incluidos los de los canadienses, se aguaron o se enrojecieron y en nuestras gargantas se anudó la angustia.

Goyo y yo pasamos la tarde en los columpios. Yo me dejaba mecer y cerraba los ojos. El vértigo del movimiento se unía al de la pérdida. Todo estaba ahí, en mi estómago, clavándose como un hierro amarillo. Subiendo. Bajando.

Los pies en el aire. Eso sí me gustaba.

Y también que Goyo estuviera conmigo, aunque fuera tan silencioso que parecía que no estaba.

–A mí no me pierdes –susurró mientras nos balanceábamos.

Eso fue lo único que dijo, y fue suficiente.

Aquella noche cenamos en silencio. Al final de la cena, el abuelo se puso a hacer planes de futuro. Trataba de mostrarse optimista, pero sus bigotes y sus hombros seguían desmayados. También la tía Azucena intentó gastar alguna broma. Nadie se rio ni se puso una servilleta en la cabeza.

El ambiente estaba enrarecido. Solo mis hermanos parecían ajenos a aquella congoja y se peleaban entre sí o jugaban, y sus gritos era lo único que llenaba el aire frágil, casi azulado y triste del hotel. Afuera, rebotaba la lluvia.

A media noche, cuando daba vueltas en mi cama, inquieta, escuché unos gemidos. Me levanté ansiosa, casi contenta, pensando que eran los fantasmas. Pero sus llantos eran demasiado infantiles. Entonces me di cuenta de que se trataba de mis hermanos. Estaban juntos, acurrucados y llorando. Fui hacia su cama.

–¡No quiero irme del hotel! –dijo el mediano.

–¡Echo de menos a papá! –gimoteó el pequeño.

Volvieron a sus llantos, y yo vi aquellos ojos tan grandes y tan negros que sentí que me dolía el corazón. Los abracé.

–No os preocupéis, hermanitos –les dije–. Papá siempre estará con nosotros vayamos donde vayamos. Está aquí, en nuestro corazón. Y alrededor de nosotros, ayudándonos. Eso no nos lo podrá quitar nadie. Vayamos donde vayamos, estaremos todos juntos.

Entonces recordé la canción que me había susurrado el tío Manolo, y les canté muy bajito:

No llores, no, que la vida es muy breve.
Todo se pasa como una sombra leve,
ea que se vá...

Cuando se durmieron, regresé a mi cama. Sentía un peso muy grande en el corazón. Quería rebelarme contra todo aquello, pero no tenía fuerzas. El espíritu de mi padre sobrevoló mi almohada y vino a posarse a mi lado. Con aquella compañía, acabé por dormirme. No me desperté hasta que la luz se instaló en mis párpados y era como un pájaro.

Se oían ruidos en el salón. Corrí descalza y allí estaba otra vez.

Todos le rodeaban.

24
SOUVENIRS

EL SEÑOR X hablaba y sudaba a chorros. La familia le escuchaba muy interesada, haciendo un corro, incluidos el señor Aguado, mamá Leo y los canadienses. Hasta la farmacéutica y Goyo estaban allí. El metomentodo llevaba los pantalones remangados, los guantes blancos y el cuello desanudado. El bigotillo, como una tachadura sobre la boca, se agitaba, dando saltos, a medida que hablaba. Me quedé detrás de la puerta del salón, escuchando.

–... que hayan llegado a esta situación. Por desgracia, no está en mi mano hacer nada para revertirla. Ciertamente había una cláusula en el informe, pero ya es tarde para ello... Demasiado tarde. La niña, esa moco... ejem... Paloma –miró a todos lados extrañándose de no verme–, ¿dónde está?

Al oír mi nombre respingué. Me oculté lo mejor que pude y continué espiándolos con el corazón disparado por la ansiedad.

–Durmiendo –dijo mi madre.

–Quería decirles que fue esa niña la que me dijo unas cosas terribles el día que llegó la... ejem... duquesa –aquí sonrió a la farmacéutica, que estaba sentada en el sillón del señor Aguado y que miraba al señor X pestañeando mucho, para espanto de todos.

El despiadado señor X continuó:

–A pesar de que todos pensaban como la niña y de que yo les advertí de que no iba a cambiar una palabra del informe, ustedes me acogieron con mucho... ejem... ejem... ca... cariño (le costaba decir este tipo de palabras). Y no solo eso, sino que les dijeron a los del banco que eran mis... vaya, vaya... am... am... amigos (aquí tuvo que contener las lágrimas). Han llenado mi vida de ilusiones, y eso que yo había roto las suyas. Fue de nuevo esa moco... ejem... esa niña la que me lo hizo ver muy claro, y cuánta razón tenía. Les corté las ilusiones a todos: a doña Leonor, a Juanita, a Manolo, al exhuésped señor forense, a usted, don Aquilino. Por ese motivo he venido. Ya que las cosas están como están y no puedo hacer nada por cambiarlas, quiero devolverles sus ilusiones, restablecerles ciertas cosas. Por eso les he traído unos... ejem... re... re... regalos, unos *souvenirs...*

Todos aplaudieron.

–¡Qué discurso tan bonito! –dijo la tía Rosa, emocionada.

Hasta casi me gustó a mí.

–En primer lugar, tengo una carta para Juanita que me ha dado... bueno, ya saben... el de... el de correos.

Todos supimos que mentía, pero nos alegramos por ello.

La tía Juanita corrió a coger la carta, un poco nerviosa, y la abrió allí mismo. Trató de poner ojos de enamorada, pero no le salían nada bien. Seguro que aquella carta la había escrito el señor X. ¡La de tonterías que pondría!

Mi madre le dio un codazo a la tía Azucena:

–Hay que ver cómo se esfuerza este hombre...

–Y qué mal le sale –susurró ella.

El señor X continuó con los regalos. A mamá Leo le entregó otro sobre. Ella lo abrió con las manos temblorosas y sus viejos ojos pestañearon perplejos cuando encontró dentro un pasaje para un crucero por el Caribe. Yo vi cómo mi familia trataba de sonreír, pero todos sabíamos que a mamá Leo lo que le gustaba era el norte. Y además, los barcos la mareaban una barbaridad.

El metomentodo entregó ahora un paquetito a la tía Azucena y otro al tío Manolo. El regalo de la tía Azucena era un sombrero, un sombrero de verdad, de los de ponerse en la cabeza. Con lo que le gusta a la tía Azucena ponerse cualquier cosa que no sea un sombrero en la cabeza. Hizo como que le gustaba mucho y hasta se lo puso.

El tío Manolo abrió su regalo. Eran partituras de flamenco, y casi se desmaya.

–Y ahora viene uno de los mejores... ejem... re... regalos –dijo el señor X tremendamente satisfecho.

Salió un momento y regresó con un bultito muy grande que le entregó al abuelo Aquilino. Este carraspeó y se retorció los bigotes, esperando lo peor. En efecto, allí, en aquel bulto que se movía, había ¡un perro! Un perro de verdad. Hay que reconocer que era bonito y que hasta se le oía cuando ladraba. Pero el abuelo no quería un perro de verdad, quería a Nicanor. Congeló una sonrisa y dijo:

–¡Vaya, a Nicanor le... le encantará la compañía!

Entonces yo los miré a todos.

Estaban muy raros así: el abuelo con un perro, la tía Azucena con aquel sombrero, el tío Manolo tratando de cantar flamenco y mamá Leo con un pasaje que la alejaría de los ríos noruegos. Por no hablar de los ojos de la tía Juanita. Aquello empezaba a exasperarme.

Entonces el señor X, con una enorme sonrisa bajo aquel ridículo mostacho, dijo:

–¿Y la moco... ejem... digo... la... la niña? ¿Se habrá despertado ya? ¡El último y mejor regalo es para ella!

Mi corazón se movió aterrado. ¿Qué sería capaz de regalarme aquel hombre? Dudé entre echar a correr o plantarle cara. Al fin, me decidí por lo último. Salí dispuesta a decirle cuatro cosas. La verdad a veces duele, pero alguien se tiene que encargar de decirla. Y en esta ocasión, ese alguien también iba a ser yo.

25
LA BATALLA FINAL

–¡AQUÍ ESTOY! –grité saliendo de detrás de la puerta–. ¡Y no quiero su regalo! ¡No y no! ¿Cree que lo puede arreglar todo con unos regalos que no le gustan a nadie? Nosotros éramos felices con nuestras cosas y usted tuvo que venir a romper nuestro mundo. Está tratando de ponerlo todo a su modo: cartas de verdad, viajes de verdad, sombreros de verdad, perros de verdad... ¿Pero sabe cuál es la verdad? Que éramos mucho más felices antes sin todas esas cosas y sin usted.

–¡Paloma! –me reprendió mi madre–. ¡Lo ha hecho con toda su buena intención!

–¡Buena intención sería no haber escrito ese maldito informe!

–Palomita, cariño, él no tiene la culpa de nuestra deuda ni de que el banco no quiera darnos crédito y... –comenzó a decir el abuelo.

–¡Odio que me llamen Palomita!

–¡El señor X *ye* un *pedazu* de pan! –gritó la farmacéutica, poniéndose muy roja.

–¡De pan duro! –grité yo más alto.

–¡A pan duro, diente agudo! –dijo alguien.

–¡Cada quien mastica con los dientes que tiene!

–¡Sin dientes no hay pan blando!

–¡Pan blando, pan duro, me sacan de un apuro!

–Pito, pito, gorgorito –dijo el tío Florencio por decir.

–¡Basta! –gritó la tía Azucena viendo que la cosa se estaba desviando–. ¡Paloma, discúlpate ante el señor X!

Lo que me faltaba. Me puse colorada de puro enojo. ¿Disculparme? ¡Jamás!

–Dejad a la niña, creo que tiene razón.

El señor X estaba encogido sobre sí mismo, como un pollo mojado de tanto que sudaba. Tenía los ojos enrojecidos y le temblaba la voz. Todos le miramos.

–La moco... ejem... la niña tiene razón –repitió–. Estabais todos mejor antes de que yo llegara, y ni siquiera sé hacer regalos. ¡Soy una calamidad!

–¡Pero si son regalos fantásticos!

–Buenísimos.

–¡Los mejores!

–¡Basta, basta! Dejad de mentir –pidió el señor X–. Sé que todos pensáis como ella y que os portáis así conmigo por compasión. Que os doy lástima. Nada

más. ¡Y no soporto la lástima! ¡Me iré! No volveréis a verme, pero te ruego, moco... ejem... Paloma, que aceptes mi... mi... regalo. Nada más. ¡Toma! ¡Ha sido muy grato venir a comer con vosotros! ¡Adiós!

El señor X extendió sus guantes, se abotonó la camisa y salió de la casa con paso largo.

Todos le vimos irse y sentimos un no sé qué.

Yo miré el sobre que había dejado en mi mano. Después volví la vista hacia Goyo. Sentí que de nuevo lo había estropeado todo. ¿Por qué yo no era como el resto de mi familia? Un soplo de aire me recorrió la nuca. Los ojos se me inundaron de lágrimas. Pensé que si pestañeaba me resbalarían por las mejillas.

–Oye, *neña*, ¿vas a abrir el sobre ese o qué? –preguntó entonces la farmacéutica.

Y, para animarme, me dio un cachetín en la espalda que casi se me sale un riñón por la boca.

Yo volví a mirar a Goyo y él asintió para que abriera aquel estúpido regalo.

26
EL REGALO DEL SEÑOR X

TODOS ESTABAN TAN INTRIGADOS que me rodeaban, extendiendo sus cuellos para ver qué contenía el sobre. Me quitaban la luz y no me dejaban respirar.

–¿Queréis apartaros un poco? –pedí.

Se disculparon y me dejaron espacio. Abrí el sobre y saqué los papeles que contenía. Mi corazón se cambió de sitio. Saltó, se detuvo y se puso a brincar como loco.

–¿Qué es? –preguntó el abuelo, tan nervioso que se había enroscado los bigotes al meñique y no se los podía desenroscar.

La oscuridad se hizo sobre aquellos papeles. Todos estaban otra vez encima de mí.

–¡Apartaos, hombre! –grité.

–¿Pero qué es? –preguntaron a coro.

Se hizo un silencio expectante. Aguardé a que se separaran unos palmos y entonces mostré las hojas. Mis mejillas ardían de la excitación.

–¡Las escrituras de propiedad del hotel! –dije–.
Y están a mi nombre.

–¡¿Quéeee?! –exclamaron veinte bocas al unísono.

–¡Que me ha regalado el hotel! –dije. Me abrasaba
la cara y me sentía terriblemente culpable por todo
lo que le había dicho a aquel hombre antipático, que
había tenido el gesto más generoso que había visto
en mi vida.

Todos se miraron sin acabar de creérselo.

–¿Pero entonces el comprador del hotel era él?
–preguntó el notario.

El abuelo abrió tanto los ojos que casi se le salen.

–¡Era un comprador anónimo! ¡Cómo iba yo a
saber...!

–¡Menuda con el señor X!

–Es que estaba forrado –dije.

–Qué buen corazón tiene. Ya lo decía yo –dijo el
tío Florencio, que nunca lo había dicho.

Todos volvieron a mirarse y la tía Azucena gritó:

–¡A por él!

Los diecinueve salieron en busca del señor X. Solo
Goyo se quedó a mi lado.

–¡Qué fastidio! –dije de pronto–. Ahora tendré que
disculparme.

–Y algo más –sentenció él muy serio.

–¿Tú crees?

–¡Pues claro!

Al poco, llegaron todos con el señor X a hombros. Iban cantando aquello de:

El señor X non baila
porque diz que tien corona;
baile señor X, baile,
que Dios todo lo perdona.
Siga el panderu tocando, siga el tambor...

Y entonces escuchamos:

–¡Pero qué *muzica ez eza* que ni tiene *zentimiento* ni tiene *pazión*!

Y era el forense, que estaba en la puerta con las maletas. Nos quedamos tan pasmados que tardamos en aplaudir. Al tío Manolo se le encendieron los ojos. Y no digamos a la tía Rosa.

Currito, por hacerse notar, se arrancó con una copla. Cuando su voz era solo un recuerdo en el aire, alguien le preguntó.

–¿Pero tú no estabas en Cádiz?

–¿Y qué *ze* me ha perdido a mí allí? –dijo, poniéndose colorado–. Mañana *mizmo* viene toda mi familia a *inztalarze* al hotel. *Azí* no *ze* podrá negar que no *zea* un hotel rentable. Nadie podrá *echarnoz*.

–Ya nadie nos va a echar –dijo el abuelo a punto de llorar de la emoción.

Goyo me miró. Como yo no me movía, me empujó un poco hacia el señor X.

–Te toca –susurró.

Aún tardé un rato en aclararme la voz.

–Que... que... –dije, y me parecía al abuelo cuando se ofuscaba–. Que gracias, señor X. ¡Hala, ya está!

Goyo volvió a mirarme, recriminándome. Tuve que continuar.

–Y que... que, como dueña del hotel, me gustaría invitarle a que se quedara con nosotros en la habitación de honor.

Miré a mi amigo y concluí:

–Para siempre.

Todos acogieron mis palabras con aplausos y vítores y se lanzaron sombreros al aire. En realidad, solo la tía Azucena tenía sombrero. El señor X moqueaba, completamente feliz, y el abuelo Aquilino daba golpecitos con el bastón a diestro y siniestro. Pensé que al fin yo había hecho algo de lo que mi familia se sentiría orgullosa. Estábamos tan contentos que el tío Manolo y Currito se pusieron a cantar a dúo y todos los acompañamos. Yo sentía algo que subía por mi estómago y que me alcanzaba la boca y la hacía sonreír. Me había portado muy bien. No es que me agradara el señor X, porque seguía siendo muy antipático, pero había demostrado ser digno de mi familia y, ante eso, yo no podía objetarle nada.

Goyo me agarró y se puso a dar vueltas conmigo. La habitación giraba y el aire se enroscaba, anudándose y desanudándose entre nosotros. Eso me gustaba.

También aquel soplo que era mi padre.

Un ruido de cadenas vino a interrumpir nuestro regocijo.

–¡Los bisabuelos! –exclamó el tío Servando.

Y los canadienses:

–Los pisahuevos, sí. Los pisahuevos.

Y siguieron tan anchos, palmeando.

–¿Puedo hacer de duquesa? –preguntó entonces la farmacéutica, rebosante de felicidad.

Todos aceptamos de inmediato. Mamá Leo le prestó un traje. Y María la de los botes apareció embutida, como aquella otra tarde.

Al señor X, al verla, se le encendieron los ojos. Se atusó el bigotillo y el traje y, sudando a chorros, se acercó a la duquesa:

–¿Me permite? –dijo poniéndose rojo como una cereza y ofreciéndole una mano.

Todos abrimos los ojos impresionados: ¡aquella mano no tenía guante!

La acompañó hasta el sofá y allí se quedaron, ella, toda emperifollada y sentada, tan grande que parecía dos, y él, de pie, con su levita negra y su bigote y su ridícula nuez, pequeño como un carbonero garrapinos, que es un pájaro diminuto de los bosques, mucho más gracioso que un vulgar gorrión de ciudad.

–¿Dónde estamos? –preguntó mamá Leo, al ver a la farmacéutica con su traje.

–Llegando a las islas Faroes –dijo el abuelo Aquilino, soltándose al fin el meñique del bigote y sonriendo que daba gusto verle.

La tía Juanita, que llevaba un rato aplicada escribiendo, desapareció para entrar corriendo al rato. Gritaba entusiasmada:

–¡He recibido carta!

Y todos:

–¿De Faustino?

–¡Hombre, claro!

–¡Pues ya estamos como siempre! –sentenció la tía Azucena, con un plato de plástico cayéndole sobre el flequillo.

–Como siempre no, Azucena, como siempre no –dijo el tío Manolo–. Estamos mucho mejor.

Y todos aplaudimos.

Cuando nos dimos cuenta, el señor X estaba con una servilleta en la cabeza.

Entonces alguien dijo:

–¿Y si bailamos un chiringüelo para celebrarlo?

Epílogo

Naturalmente, a estas alturas te estarás preguntando cuál era el secreto de los canadienses. Pues, la verdad, este secreto yo no te lo puedo contar. Solo te puedo decir que iban de incógnito y que es posible que no fueran canadienses. O sí.

Un día sonó el teléfono. Los canadienses lo cogieron, se pusieron a hablar español como si supieran hacerlo desde siempre y al día siguiente se fueron. Nos dio mucha pena.

Quizás te estés preguntando también qué pasó con todos ellos, con nuestros huéspedes: el señor X, el notario y el forense y mamá Leo. Y qué pasó con el hotel y con nuestra familia. Eso sí te lo puedo contar.

Mamá Leo murió a los pocos años. Llevaba un abrigo de pieles y los labios pintados, y se quedó como desmayada con una sonrisa mientras hablaba de Fáskrúðsfjörður. Durante mucho tiempo, por las noches, se escuchó en el hotel una voz recitando los puertos islandeses, y era el fantasma de mamá Leo que recorría la casa, reviviendo aquellas fantasías suyas

que tan feliz la hicieron en sus últimos años de vida. Currito y Rosa se casaron y se quedaron a vivir con nosotros en el hotel, junto al notario y al señor X, hasta que al final, con los años y la muerte del abuelo Aquilino, el hotel se vendió. Pero mucho antes de eso, el señor X y la farmacéutica tuvieron su pequeña gran historia de amor. Nadie sabía cómo aquella mujerona aguantaba al antipático del señor X. Pero en una cosa mamá no se había equivocado: un antipático en la familia da mucho juego. Y al final se les acaba queriendo como al que más. Y Goyo y yo... bueno, Goyo y yo seguimos siendo tan amigos como siempre.

Ahora, cuando paso por el ayuntamiento y veo el edificio moderno y feo que han construido en el lugar donde estuvo la casona, siento lástima, pero también sonrío al recordar esos años maravillosos junto a mis tíos, que me hicieron comprender que la ilusión es la esencia de la vida. A veces, si nadie me ve, doy unos saltitos en la calle, con los brazos levantados. Y si llueve, siento la lluvia y el viento en el rostro y giro, y eso me gusta.

TE CUENTO QUE PAULA BLUMEN...

... es una ilustradora de 28 años, de Barcelona, que se pasa horas y horas entre las cuatro paredes de su estudio rodeada de dibujos y colores. Sobre todo, colores.

Por eso este libro fue todo un reto para Paula, ya que tuvo que hacer los dibujos en blanco y negro. Nunca lo había hecho antes, pero nada más leer la historia e imaginar ese hotel desvencijado y esos personajes tan especiales, supo que le iba a encantar. Y así ha sido.

TE CUENTO QUE MÓNICA RODRÍGUEZ...

... está dispuesta a prestar atención a cualquiera que tenga una historia en el bolsillo o en el zapato. O dentro de la chistera. Incluso anota las historias que se escapan de los periódicos o de su suegra. Después, con los pedazos de esas historias y una buena dosis de ficción, o sea, de mentiras, hila cuentos como este. Un cuento lleno de habitaciones e inquilinos, como los hoteles. Porque a Mónica también le gustan los hoteles, sobre todo esos que guardan historias en cada baldosa, en los colchones, en los rayones de las mesas, en las perchas de los armarios que huelen a naftalina y hasta en la sopera. Como las del hotel Antonia que inspiró este cuento.

Mónica Rodríguez Suárez nació en Oviedo en 1969. Licenciada en Ciencias Físicas, en 2009 deja su trabajo para dedicarse a la literatura. Ha publicado más de una treintena de libros y ha obtenido muchos premios. Como el premio Fundación Cuatrogatos 2016 por *El círculo de robles*, publicado en esta misma colección; el premio Anaya 2016 por *Alma y la isla*, que también mereció un White Ravens, y el premio Alandar 2016 por *La partitura*.